Hermien Stellmacher
Joachim Schultz

Ratekrimi

Doppeldecker

omnibus

Foto: © privat

DIE AUTOREN

Hermien Stellmacher, Jahrgang 1959, Illustratorin, findet in letzter Zeit immer mehr Gefallen daran, selbst zu schreiben. So entstanden »Der zwielichtige Professor« und »Der geheimnisvolle Koffer«.

Joachim Schultz ist Dozent an der Uni Bayreuth. Zusammen mit Hermien Stellmacher unternimmt er auch gerne Ausflüge in die Kinder- und Jugendliteratur als Übersetzer und Autor.

Doris Rübel, Jahrgang 1952, studierte Kunsterziehung und ist seit vielen Jahren freie Autorin und Illustratorin von Kinderbüchern. Sie lebt heute hauptsächlich in der Provence. Als Illustratorin tritt Johanna Ruebel in die Fußstapfen ihrer Mutter.

Hermien Stellmacher
Joachim Schultz
Doris Rübel

Ratekrimi

Doppeldecker

Mit Illustrationen
von Doris Rübel und
Johanna Ruebel

omnibus

omnibus

OMNIBUS
ist der Taschenbuchverlag für Kinder
in der Verlagsgruppe Random House

www.omnibus-verlag.de

Band 21430

Umwelthinweis:
Alle bedruckten Materialien dieses Taschenbuches
sind chlorfrei und umweltschonend.

3. Auflage
Originalausgabe November 2004
Gesetzt nach den Regeln der Rechtschreibreform

Innenillustrationen
»Der zwielichtige Professor«: Doris Rübel
»Der geheimnisvolle Koffer«: Johanna Ruebel
Umschlagillustration: Johanna Ruebel
Umschlaggestaltung: Atelier Langenfass, Ismaning
at · Herstellung: ReD
Gesetzt aus der Bembo 12/15 pt mit QuarkXPress 4
Satz: Barbara Rabus, Sonthofen
Druck: GGP Media GmbH, Pößneck
ISBN 10: 3-570-21430-3
ISBN 13: 978 3 570 21430 3
Printed in Germany

INHALTS-VERZEICHNIS

Jonas liest alles, was er über Versteinerungen in die Finger bekommt. Er ist 12 Jahre alt, hat rote Locken, und wenn er nicht gerade in seinen Büchern schmökert, ist er mit seinen Freunden auf dem Mountainbike unterwegs.

Amélie ist Französin und 12 Jahre alt. Neben Mountainbikefahren und Ammonitensuchen beschäftigt sie sich am liebsten am Computer. Zum Glück, wie ihr in diesem Buch feststellen werdet!

Lukas, 11 Jahre alt, möchte später mal Reporter werden. Am liebsten Sportreporter. Außerdem futtert er für sein Leben gern und ist, abgesehen vom Mountainbikefahren, nicht unbedingt sportlich …

DER ZWIELICHTIGE PROFESSOR

von
Hermien Stellmacher,
Joachim Schultz
und Doris Rübel

mit Illustrationen von Doris Rübel

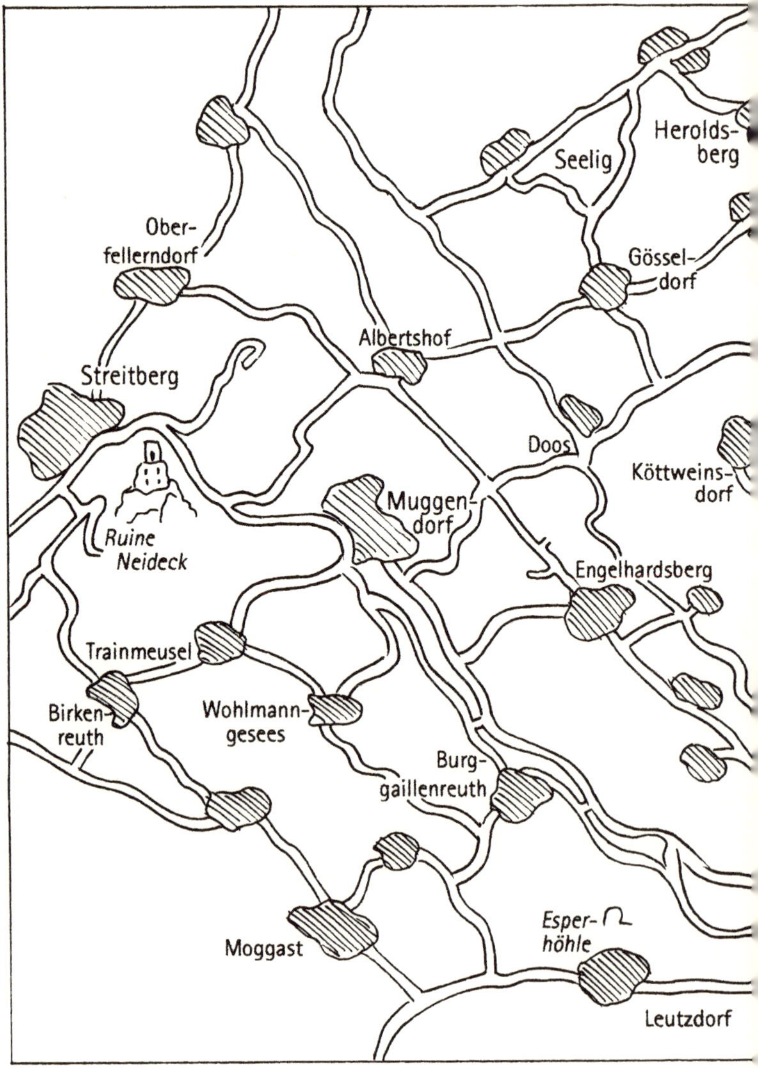
Herolds-
berg
Seelig
Ober-
fellerndorf
Gössel-
dorf
Albertshof
Streitberg
Doos
Köttweins-
dorf
Muggen-
dorf
Ruine
Neideck
Engelhardsberg
Trainmeusel
Birken-
reuth
Wohlmann-
gesees
Burg-
gaillenreuth
Esper-
höhle
Moggast
Leutzdorf

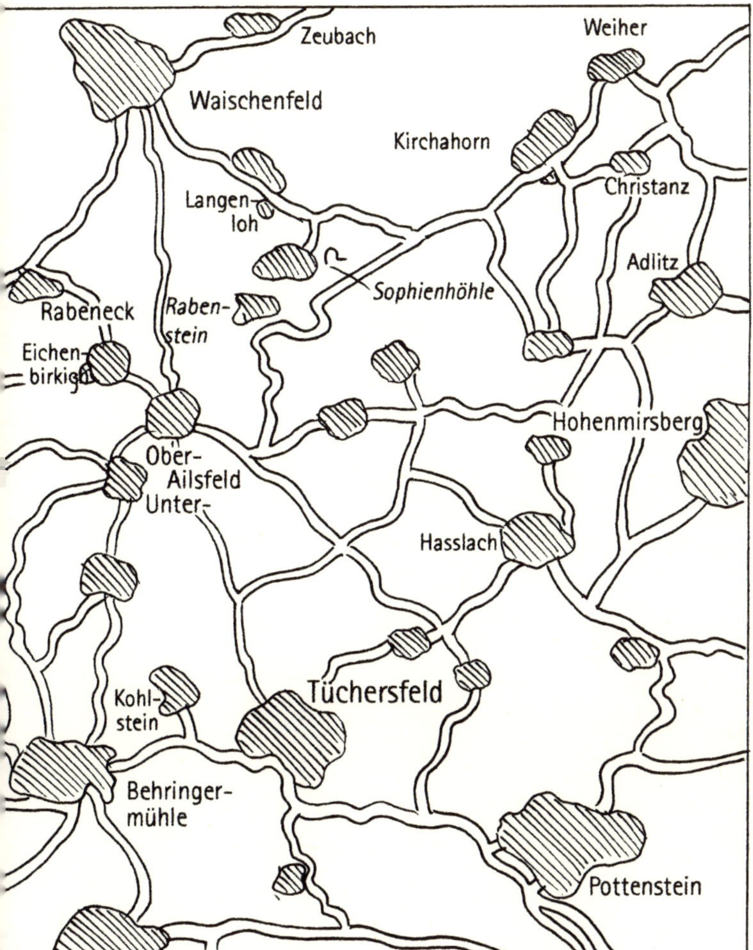
Zeubach
Weiher
Waischenfeld
Kirchahorn
Christanz
Langen-
loh
Adlitz
Sophienhöhle
Rabeneck
Raben-
stein
Eichen-
birkig
Hohenmirsberg
Ober-
Ailsfeld
Unter-
Hasslach
Tüchersfeld
Kohl-
stein
Behringer-
mühle
Pottenstein
Gößweinstein
Teufelshöhle

FÜR DETEKTIVE VORAB

Das Gespräch, das Jonas, Lukas und Amélie durch Zufall am Steinbruch hören, wirft zuerst nur Rätsel auf. Doch bald verstehen die drei, was da vor sich geht. Aber weder Jonas' Onkel und Tante noch der stellvertretende Museumsdirektor ahnen irgendetwas …

Und da sich die Erwachsenen an der Nase herumführen lassen, hilft nur eines: Sie lösen den Fall selber!

Aber nicht nur Jonas, Amélie und Lukas sind gefordert.

Auch für euch, liebe Leser, gilt es, mitzurätseln.

Taucht bei einer Frage dieses Zeichen »(–>)« auf, findet ihr die Antwort auf der Seite 128. Alle anderen Fragen werden im Text aufgelöst.

Und nun viel Spaß und Erfolg!

Laut scheppernd flog die Tür des Antiquariats auf und Lukas stolperte mit seinem Rucksack herein.

»Hallo, Leute! Ich bin da-ha!«, rief er fröhlich und kraulte Kater Leporello, der es sich auf einem Stoß alter Merianhefte bequem gemacht hatte.

»Das ist ja nun wirklich nicht zu überhören!«, meinte Herr Bösch, der auf einer Leiter stand und Bücher sortierte. »Jonas ist hinten. Und sobald Amélie da ist, können wir …« Doch weiter kam er nicht, denn genau in diesem Augenblick wurde die Ladentür erneut aufgerissen und Amélie kam herein. »Was ist los, ihr Schlafmützen?«, rief sie mit ihrem leicht französischen Akzent. »Ich warte schon seit Stunden hinten an der Garage! Ich denke, wir wollten heute losfahren und nicht erst morgen?!«

»Ja, genau das wollten wir!« Herr Bösch stieg von der Leiter. »Jonas, wir fahren!«, rief er laut. Lukas lief nach hinten. »Ich hole ihn. Wahrscheinlich hört er vor lauter Lesen mal wieder nichts …« Und so war es auch: Jonas saß im Büro seines Vaters und war völlig vertieft in einen dicken Geologiewälzer. Lukas klatschte in die Hände, und Jonas schaute ihn an, als käme er vom Mond. »He, ich bin's! Dein Freund und Nachbar!« Er klappte das dicke Buch zu und schaute sich den Titel an. »Die wichtigsten Versteinerungen der Fränkischen Schweiz« stand auf dem Deckel. »Echt superspannend geschrieben«, sagte Jonas und nahm das Buch unter den Arm. Lukas nickte. »Wir müssen jetzt aber los, sonst sehen wir Onkel Dieter erst in den Weihnachtsferien.«

Herr Bösch hatte inzwischen seinen alten Kombi aus der Garage geholt und zusammen machten sie die Mountainbikes der drei auf dem Fahrradständer fest.

»Meine Damen und Herren! Wir schalten nun direkt ins Auto von Herrn Bösch!«, plapperte Lukas in ein zusammengerolltes Blatt Papier, das er wie ein Mikrofon vor seinen Mund hielt. »Und wir stellen ihm nun die wichtige Frage: Wann geht die Fahrt los?« Herr Bösch kramte gerade unter den Autositzen herum. »Sobald ich dieses verflixte Fax mit der Wegbeschreibung gefunden habe …«, brummte er. »Ich hatte es doch extra auf den Beifahrersitz gelegt!«

Lukas schaute auf sein »Mikrofon«. »Oh-oh!«, sagte er und entrollte das Blatt. »Ich glaube, die Wegbeschreibung hat sich kurzfristig in ein Mikrofon verwandelt!« Amélie verdrehte die Augen »O non …!«

Herr Bösch schaute sich um. »Wo ist denn jetzt Jonas? Er wollte nur nachschauen, wo Leporello ist.« Amélie stand auf. »Kommt mit, wir holen ihn!« Jonas stand im Geschäft. »Immer das Gleiche!«, rief er, »er versteckt sich irgendwo, weil er im Laden bleiben möchte!« Nun suchten vier Paar Augen den Kater.

Wo lag der Kerl bloß?

BÜCHER
Antiquariat
H. Boesch
KATZEN
GOETHE
DÜRER
W. BUSCH
TIBET
ASIEN
KORSIKA
MATISSE
KUBISMUS
TUNIS
PARIS
BEPPO
SAURIER
TATÜ-TATA
INDIANER
DAS GROSSE BUCH DER
Alle Karten zum halben Preis !!!!

»Ha, ich habe ihn!«, rief Amélie triumphierend. »Dort drüben hinter den Goethe-Bänden!« Herr Bösch hob den beleidigt schauenden Leporello aus dem Bücherregal und schloss ihn in der Küche ein. Endlich konnte es losgehen.

Bald hatten sie die Stadt hinter sich gelassen.

»Puh! Zwei Wochen keine Schule!« Jonas räkelte sich genüsslich in seinem Sitz und schaute aus dem Fenster. Die Wiesen und Obstbäume blühten in voller Pracht. »Und wenn ich erst an die Kochkünste von deiner Tante Vroni denke!«, rief Lukas und rieb sich bei dem Gedanken schon den Bauch. »Ich sage nur Erdbeerkuchen mit Sahne …«

Amélie lachte. »Und ich habe gedacht, wir wollen Mountainbike fahren! Und nicht nur essen, du Mops!« Jonas beugte sich nach hinten. »Schaut lieber mal raus, ihr Fuzzis. Da ist der Steinbruch und der Aussichtsturm von Hohenmirsberg!« Sofort schauten alle aus dem Fenster. »Kannst du mal kurz anhalten?«, fragte Jonas seinen Vater. Herr Bösch nickte und fuhr hoch zum Parkplatz. Sie stiegen aus und schauten sich um.

»Schaut mal da!« Lukas zeigte auf eine große Schautafel. »Da kann man genau sehen, wie die einzelnen Erdschichten übereinander liegen!« Jonas zeigte auf eine Schicht. »Hier in der schwarzen Juraschicht liegen die Ammoniten. Und Steine aus dieser Schicht liegen drüben auf dem Fossiliensammelplatz. Da werden wir bestimmt eine Menge finden.« Er seufzte. »Am liebsten würde ich gleich hier bleiben!«

Sie liefen hinüber zum Sammelplatz. Es war niemand zu sehen und um die Steine war ein Absperrungsseil gespannt. Amélie runzelte die Stirn. »Wie kommen denn diese Steine hier auf den Sammelplatz?«, fragte sie. »Und da auf der Schautafel steht etwas von 100%iger Fundgarantie. Kann man denn solche Versprechungen überhaupt machen?«

Jonas zeigte nach Norden. »Da hinten geht es gleich senkrecht runter in einen großen Steinbruch«, sagte er. »Von dort wird immer wieder eine Lkw-Ladung zum Sammelplatz gefahren. Und in dieser einen Juraschicht sind so viele Ammoniten, dass man die Fundgarantie locker geben kann!« Er beugte sich über das Absperrungsseil. »Schaut mal! Da drüben in dem Stein, da sieht man schon ein Stück von einem Ammoniten!«

»Was ist denn jetzt mit euch?«, rief Herr Bösch vom Parkplatz. »Wir müssen los!«

Die Kinder liefen zum Auto zurück. »Es ist doch gar nicht mehr weit!«, sagte Jonas. »Warum hast du es denn so eilig?«

Herr Bösch seufzte. »Leider haben nicht alle hier anwesenden Personen Ferien!«, sagte er. »Und außerdem müssen wir das neue Forsthaus in Tüchersfeld erst mal finden. Also ab ins Auto mit euch!«

Sie fuhren nach Hohenmirsberg hinunter.

»Irgendwo hier müssen wir jetzt rechts abbiegen, glaube ich.« Herr Bösch schaute angestrengt durch die Windschutzscheibe. »Ah, da geht es zwischen den Häusern rechts weg!«

Er bog ab und fuhr weiter, bis sie sich auf einer kleinen Straße mitten auf einer Hochfläche befanden. Weit und breit war kein Haus in Sicht, nur Hügel und Obstbäume. Herr Bösch hielt an.

»Na, ob wir hier richtig sind?«, murmelte Jonas.

»Meine treuen Hörerinnen und Hörer! Wieder schalten wir direkt ins Auto von Herrn Bösch, der sich leider total verfahren hat!«, plapperte Lukas in ein zusammengerolltes Heft. »Es ist außerordentlich fraglich, ob die drei armen Kinder ihr Ferienziel heute noch erreichen werden!« Herr Bösch suchte auf dem Armaturenbrett. »Ruhe im Studio!«, rief er laut. »Ich muss mich konzentrieren!« Endlich hatte er das Fax mit der Wegbeschreibung gefunden. »Aha! Da haben wir den Fehler schon! Wir hätten *nach* Hohenmirsberg rechts abbiegen müssen. Nicht *in* Hohenmirsberg!« Er schaute die Kinder an. »Ob wir den ganzen Weg wieder zurückfahren müssen?«

Amélie holte eine Wanderkarte aus ihrer Tasche. »Am besten, wir schauen mal nach!« Sie stiegen aus und breiteten die Karte auf der Motorhaube aus. Zum Glück waren auch alle kleinen Straßen eingezeichnet.

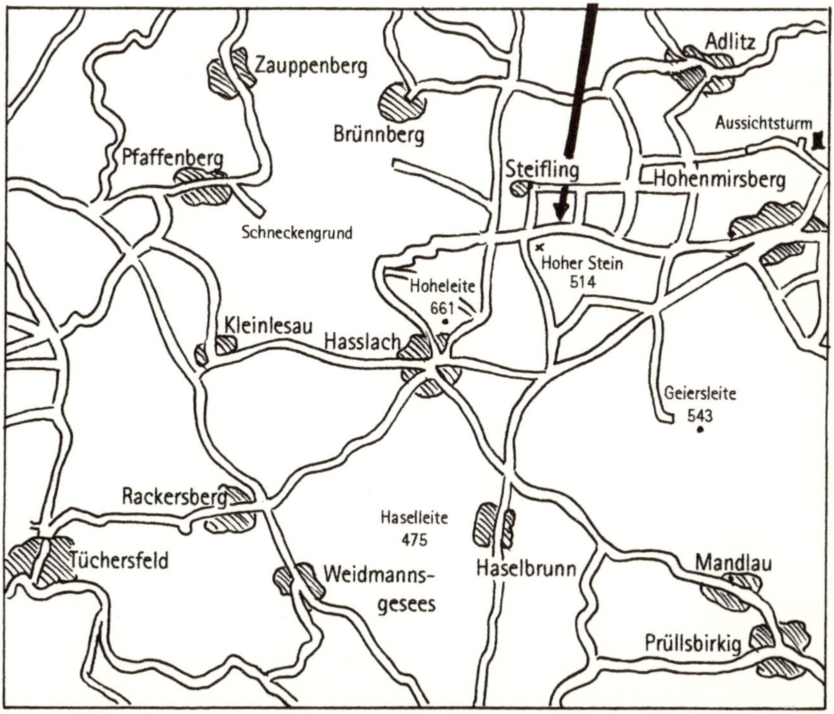

»Wir kommen von Hohenmirsberg und sind jetzt kurz vor dem Hohen Stein. Und wie kommt man jetzt am schnellsten nach Tüchersfeld?«, wollte Herr Bösch wissen und schaute in die Runde.

»Ist doch ganz einfach«, fand Jonas, nachdem sie die Karte studiert hatten. »Wir fahren noch ein kleines Stück vor, dann links, am Hohen Stein vorbei. Dann biegen wir Richtung Haßlach ab und von dort weiter nach Rackersberg.« Amélie nickte und nahm die Karte. »Genau. Und dann durch Rackersberg gerade durch und wir landen von selbst in Tüchersfeld!«

Die Kinder hatten Recht und schon bald fuhren sie durch Rackersberg.

»Hier ist auch nicht gerade der Bär los«, bemerkte Lukas und beugte sich aus dem offenen Fenster.

»Ha! Schaut mal da drüben rechts!«

An einer Scheune an der Straße war eine Art Wegweiser befestigt.

»Super! Jetzt wissen wir endlich, wie weit es von New York nach Moskau ist«, grinste Jonas

Habt ihr es auch schon ausgerechnet? (–>)

»Ist ja Kinderkram«, meinte Amélie. »Sag mir lieber, hat dein Onkel schon seinen neuen Computer bekommen?«, fragte sie Jonas. Der nickte. »Ich glaube schon. Jedenfalls war in letzter Zeit immer nur Tante Vroni am Telefon, wenn ich anrief. Und sie meinte, Onkel Dieter könne nicht ans Telefon kommen, da er gerade Probleme mit seinem Computer habe. Und meistens brach dann auch gleich die ganze Leitung zusammen.«

Herr Bösch lachte. »Also Amélie, wenn Dieter genauso ein Netzdepp ist wie ich, hast du eine Menge zu tun in den Ferien!« Amélie grinste zufrieden.

»He, ich habe gedacht, wir wollen Mountainbike fahren!«, äffte Lukas Amélie nach. »Und nicht nur am PC hocken, bis wir viereckige Augen haben!« Er schaute Amélie schielend an. Amélie boxte ihn lachend in die Seite. »Machen wir doch auch! Wenn sein Onkel jedoch nicht durchblickt …«

Lukas seufzte tief. »Jaja, dann wird Amélie, unser Superhirn, wohl eingreifen müssen!«

Herr Bösch fuhr langsam nach Tüchersfeld hinein.

»Helft mir lieber mal suchen, ihr Superhirne. Ich habe keinen blassen Schimmer, wie ich zu dem neuen Forsthaus von Dieter komme!« Er reichte ihnen das Fax mit der Wegbeschreibung. »Sucht mal die Hausnummer 11!«

»Es muss da hinten am Waldrand sein«, meinte Amélie, nachdem sie das Fax durchgelesen hatte.

»Vielleicht können wir da vorne links abbiegen.«

»Da vorne links« erwies sich als falsch, denn schon bald standen sie vor einem Zaun, hinter dem Schafe weideten. »Haben die denn keine richtige Adresse?«, fragte Amélie. »Wer, die Schafe?«, fragte Lukas.

Herr Bösch schüttelte den Kopf. »Nein, nicht so richtig«, antwortete er. »Früher gab es in den meisten Orten hier nur Hausnummern. Inzwischen gibt es zwar Straßennamen mit Hausnummern, aber das hat eigentlich nur zur Folge, dass die meisten Häuser jetzt zwei Hausnummern haben!« Er nahm das Fax wieder in die Hand. »Also, Briefträger möchte ich hier wirklich nicht sein.« Amélie überlegte noch: »Am besten fahren wir noch mal zurück und dann dort hinten die Straße links hoch!«, schlug sie vor.

Herr Bösch nickte, legte den Rückwärtsgang ein und zurück ging's zur Hauptstraße.

»Da!«, rief Jonas plötzlich. »Dort steht das Auto von Onkel Dieter!« In der Tat. In der nächsten Straße links stand Dieters Jeep am Straßenrand.

»Also wird eines von diesen zwei Häusern die Nummer 11 sein.« Sie stiegen aus dem Auto.

»Oje, die Fassade ist ja völlig zugewachsen!«, rief Lukas. Da standen sie etwas ratlos.

In welchem der beiden Häuser wohnte Onkel Dieter?

»Ich habe die Nummer gefunden!« Herr Bösch zeigte auf das Haus rechts. »Schaut mal, rechts von der Haustür im Efeu oben!« Jonas neckte seinen Vater. »Mensch, Papa, eine reife Leistung in deinem Alter! Und das mit Brille …« Er sprang gerade noch rechtzeitig zur Seite, denn sein Vater kam drohend auf ihn zu. »Lukas, hilf mir! Hier beleidigt gerade einer die Brillenträger dieser Welt!« Gemeinsam versuchten sie, Jonas zu fangen. Doch der sprang schnell über das Gartentor und rannte zur Haustür. Dort stieß er unsanft mit Tante Vroni zusammen, die genau in diesem Augenblick die Tür des Forsthauses öffnete.

»He, nicht so stürmisch, mein Lieber!«, rief sie. »Der Kuchen reicht ganz bestimmt für alle!« Sie schloss ihren Neffen in die Arme.

»Ein super Stichwort!«, rief Lukas begeistert und schüttelte Tante Vroni die Hand. »Erdbeerkuchen?«, fragte er.

Tante Vroni nickte. »Mit Sahne!«

»Endlich haben wir's geschafft!«, seufzte Herr Bösch und umarmte seine Schwester.

»Amélie kennst du ja auch schon, oder?« Tante Vroni begrüßte das Mädchen. »Klar!«, nickte sie. »Und jetzt kommt endlich rein!« Amélie zögerte noch kurz. Unauffällig schaute sie zu den anderen Fenstern.

Irgendwie hatte sie das Gefühl, beobachtet zu werden.

Nein, sie bildete es sich nicht ein! Rechts, in dem Fenster unten, sah sie einen Mann hinter dem Vorhang. Tante Vroni und Lukas standen in der Küche. »Schau mal!«, rief Lukas begeistert und zeigte auf einen großen Erdbeerkuchen. »Sieht das nicht toll aus?« Amélie lachte, als sie Lukas' strahlendes Gesicht sah. »Habt ihr noch mehr Besuch?«, fragte sie Tante Vroni. Die nickte: »Jaja, die eine Ferienwohnung unten ist vermietet. Aber die obere Ferienwohnung ist frei. Da dürft ihr euch breit machen!« Die Kinder waren begeistert. Eine ganze Wohnung für sie allein! »Aber jetzt trinken wir erst mal Kaffee«, rief sie und scheuchte alle aus der Küche. »Amélie, bist du so lieb und holst Onkel Dieter aus seinem Büro? Ich glaube, er ist mittlerweile mit seinem Computer verheiratet … Die letzte Tür hinten links!«

Die Tür vom Büro war angelehnt, und Amélie sah, wie der Onkel von Jonas mit einem verzweifelten Gesicht vor seinem Computer saß. Er strahlte, als er sie in der Tür entdeckte. »Ah, Amélie, Chérie! Meine Rettung ist nah!« Er umarmte sie herzlich und zeigte dann auf den Monitor. »Gerade wollte ich ein Programm auf die Festplatte laden, aber glaubst du, ich finde die CD? Sie hat eine gestreifte Hülle und ist wie vom Erdboden verschwunden!« Amélie schaute sich um.

Wo ist die CD von Onkel Dieter gelandet?

17.06
DEUTSCH-ENGLISCH
PILZE
PILZE
DER HOLZBOCK

»Aber Onkel Dieter«, feixte Amélie, »es nutzt das beste Programm nichts, wenn du es in den Papierkorb wirfst!« Sie hob die CD auf und legte sie auf den Schreibtisch. Onkel Dieter schaute sie verwirrt an. »Wie kommt die denn dahin?«, fragte er.

»Egal, wir bringen das später in Ordnung«, sagte Amélie. »Aber jetzt musst du zum Kaffeetrinken kommen, sonst stirbt der arme Lukas noch vor Hunger!« Onkel Dieter riss die Augen auf. »Oje, das können wir auf keinen Fall verantworten!«, rief er und folgte ihr ins Wohnzimmer.

»Ah, da kommt ja die schlaue Computerexpertin!«

Ein großer weißhaariger Mann kam mit ausgestreckter Hand auf Amélie zu. Sie erkannte ihn sofort wieder: Es war der Mann, der sie vorhin beobachtet hatte. »Mein Name ist Professor Reuß«, stellte er sich vor.

»Amélie Roux«, antwortete Amélie und schüttelte ihm die Hand. Der Mann musterte sie scharf durch seine Brille. Etwas unangenehm, fand Amélie.

Genauso unangenehm wie sein schlaffer, feuchter Händedruck.

»Professor Reuß hat die untere Ferienwohnung gemietet«, erklärte Tante Vroni und stand auf, damit Amélie und Onkel Dieter auf die Eckbank rutschen konnten.

Auch Professor Reuß hatte sich wieder an den Tisch gesetzt und goss sich noch eine Tasse Kaffee ein.

»Jaja, was wären wir inzwischen ohne die Computer«, fing er an. »Bei uns in Berlin im Amt für Denkmalpflege kämen wir gar nicht mehr ohne sie aus!«

Onkel Dieter zog die Augenbrauen zusammen. »Wenn sie denn so funktionieren, wie sie sollen, kann man ja nicht meckern«, brummte er und nahm schon ein zweites Stück Kuchen.

»Was mir persönlich immer sehr schwer fiel, war, mir die vielen Passwörter zu merken«, gestand Reuß. »Und ich habe am Anfang den Fehler gemacht, mir viele verschiedene auszudenken.« Er lächelte selbstgefällig. »Aber jetzt habe ich ein Passwort für alles, habe es notiert und jetzt ist Schluss mit dem Durcheinander.«

»Was machen Sie denn hier in der Fränkischen Schweiz?«, fragte Jonas kauend. »Urlaub?«

»Leider nein. Ich bin auf der Suche nach neuen Förderprojekten«, sagte Reuß. »Na ja, zum Beispiel Kirchen oder alte Häuser«, erklärte er, als er Jonas' fragenden Gesichtsausdruck sah. »Eine sehr interessante Gegend hier auf jeden Fall.«

Jonas' Vater stand auf. »Ich muss leider wieder los!«

Sie begleiteten ihn noch zur Tür.

»Und ihr seid bitte vorsichtig?« Herr Bösch schaute die Kinder an. Jonas verdrehte die Augen. »Jaha! Wir fahren nicht auf der Hauptstraße, springen nicht von zehn Meter hohen Felsen, stopfen uns keine Giftpilze in die Backen und …«

Sein Vater nahm ihn lachend in den Arm. »Genau das wollte ich hören!«, feixte er, und dann fuhr er davon.

Die Kinder gingen nach oben in die Ferienwohnung und packten ihre Sachen aus.

»Ich freue mich schon total aufs Ammonitensuchen!«, sagte Jonas. »Hoffentlich ist Siegmund Groß auch da.«

»Wer?«, fragte Lukas verwundert. »Siegmund arbeitet im Sommer oben am Fossilienklopfplatz und hilft den Leuten beim Suchen und Bestimmen«, erklärte Jonas.

»Bei ihm bekommt man auch Werkzeug. Und vor allem supergute Tipps!« Amélie schaute begeistert. »Na, dann! Auf nach Hohenmirsberg!«

MONTAGMITTAG, 27. MAI

Am nächsten Mittag hatte Onkel Dieter endlich Zeit, sie nach Hohenmirsberg zu bringen. Ausgestattet mit einem alten Eimer für ihre geologischen Funde, einer Riesenflasche Limo und dem Rest des Erdbeerkuchens, machten sie sich auf den Weg. Am Aussichtsturm ließ Onkel Dieter sie aus dem Auto. »Ich hole euch hier so gegen fünf ab, ist das o.k.?« Die Kinder nickten und schon rannten sie los.

Am Sammelplatz begrüßte sie Siegmund Groß. »Heute ist ein Glückstag!«, sagte er und zeigte auf eine Bank. »Schaut mal, was ich gerade gefunden habe!« Er zeigte auf einen wunderschönen Ammoniten.

»Boah! Stark!«, rief Jonas.

Lukas und Amélie gingen weiter zu dem großen Steinhaufen, der für die Sammler bereitlag, und ließen ihren Blick über die Bruchstücke schweifen. Amélie nahm sich einen großen Jurastein und begutachtete ihn von allen Seiten. »Wahnsinn, wie viele Ammoniten da drin versteckt sind!« Lukas nickte. »Überhaupt Wahnsinn, wenn man sich überlegt, dass das

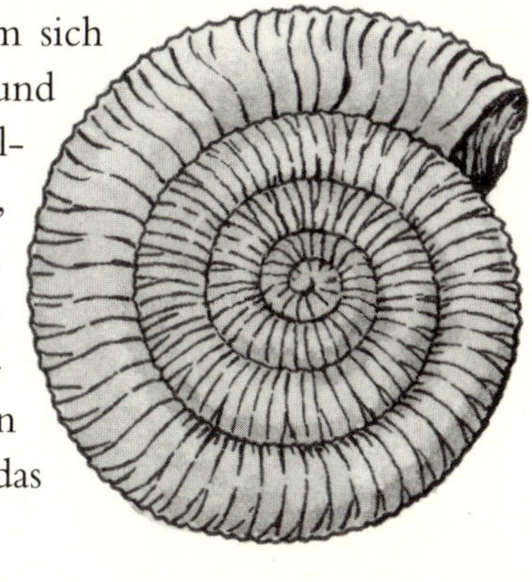

alles hier mal ein großes Meer war.« Sie holten sich Werkzeug bei Siegmund. Der zeigte ihnen, wie man mit einigen geschickten Schlägen die Ammoniten grob freilegt und dann mithilfe von kleinen Hämmern und Schrauben weiter aus dem Stein holt. Sie vergaßen die Welt um sich herum und schon bald lagen die ersten Ammoniten auf der Holzbank.

Jonas hatte wirklich Sammlerglück. Er hatte einen wunderschönen Ammoniten gefunden.

»Wenn man es nicht besser wüsste, könnte man echt glauben, dass sie aus Metall ist«, staunte Amélie und ließ den polierten Stein durch ihre Hand gleiten. »Wunderschön ist sie!« Siegmund schaute sich ihre Ausbeute an. »Na, das hat sich doch gelohnt!«, lachte er. »Ich muss jetzt weg, aber ihr könnt ja auch ohne mich noch eine Weile weitermachen.« Die Kinder nickten. Amélie fasste sich plötzlich ans Handgelenk. »So ein Mist!«, rief sie. »Ich habe vorhin meine Armbanduhr auf einen Stein gelegt.« Sie schaute sich suchend um. »Aber ich weiß nicht mehr auf welchen. Helft ihr mir mal suchen?«

Wo hat Amélie ihre Uhr hingelegt? Findest du sie? (–>)

Als sie die Uhr gefunden hatten, liefen die Kinder zur Absperrung am Steinbruchrand. »Wir könnten mal um den Steinbruch herumgehen«, schlug Amélie vor und wies auf einen Pfad, der am Zaun entlangführte. Ein kräftiger Wind trug den Baulärm aus dem Steinbruch zu ihnen herüber. Die Jungs nickten.

»Gute Idee«, sagte Jonas, und sie liefen los.

Von oben sahen die Bagger und Lastwagen wie Spielzeugautos aus. In der Mitte des Steinbruchs stand ein riesiges Förderband.

Eingerahmt von zwei großen Haselsträuchern standen sie an der Absperrung und schauten dem Treiben unten zu.

Plötzlich spitzte Jonas die Ohren. »Hört ihr das auch?«

Lukas und Amélie lauschten. Sie nickten.

Je nach Windrichtung hörten sie Gesprächsfetzen:

»… aber wenn der Chef das will … können sonst Ärger kriegen … ist doch überhaupt kein Thema … freilich … heute Nacht am besten …«

»Wo kommen die Stimmen her?«, flüsterte Amélie.

Jonas zuckte mit den Schultern. »Weiß nicht genau«, murmelte er zurück, »ich glaube von da vorne!«

Lukas ging in die Hocke und spähte um den Busch herum. Auch er konnte in der Richtung, aus der die Stimmen kamen, niemanden entdecken.

»Mann, dann haust du eben fester zu! Hauptsache ist doch, du kriegst den Digitus!!«

Die Kinder zuckten zusammen. Die Stimmen klangen jetzt so klar und deutlich, dass sie das Gefühl hatten, direkt neben den beiden Männern zu stehen.

»Runter mit euch!«, flüsterte Jonas und zog die beiden anderen am Pulli. Sofort gingen sie in die Hocke und schauten angespannt durch die Blätter.

Plötzlich drehte der Wind wieder und der Steinbruchlärm übertönte das Gespräch.

Irgendwo mussten die Männer doch sein! Aber wo?

Jonas zeigte stumm nach links.

Lukas und Amélie schauten hin. In der Tat. Da standen zwei Männer zwischen den Bäumen. Mit ihren Tarnjacken fielen sie kaum auf zwischen den vielen Blättern. Doch kaum hatten die Kinder sie entdeckt, setzten sich die beiden auch schon in Bewegung – und kamen direkt auf sie zu!

Jonas, Lukas und Amélie machten sich so klein wie möglich und hielten vor Anspannung die Luft an.

Aber die Männer hatten keine Augen für ihre Umgebung. »Und wenn du es hast, meldest du dich gleich beim Bro…«, sagte der Größere der beiden.

Der Rest des Satzes wurde vom Steinbruchlärm geschluckt. Die Kinder schauten den Männern nach.

»Na, wenn das nicht nach Einbruch klingt …«, sagte Lukas. »Habt ihr ihre Gesichter genau sehen können?«, fragte Jonas. Er zeichnete etwas auf ein Blatt Papier. »Das von dem Großen schon«, antwortete Amélie und schaute Jonas über die Schulter. »Was machst du da?« Jonas zeigte auf den Boden. »Da, der Schuhabdruck von dem Kleineren sieht ganz merkwürdig aus. Ich zeichne ihn mal ab! Für alle Fälle.«

»Gute Idee. Und die Personenbeschreibungen …«

Sie schaute auf die Uhr.

»Merde! Es ist schon fast fünf! Das schreiben wir heute Abend zu Hause auf!«

Sie sprinteten zurück zum Parkplatz, wo Onkel Dieter schon auf sie wartete. Etwas weiter parkte ein alter Volvo. Lukas zog Jonas am Ärmel: »Das sind doch die beiden Typen?«

Jonas nickte und holte erneut das Blatt Papier aus seiner Tasche. Über dem Kofferraum des Volvos hing eine alte Decke, die das Nummernschild zum Teil verdeckte. Schnell notierte er die halben Zahlen und Buchstaben. »Besser als gar nichts«, brummte er. »Wäre doch gelacht, wenn wir das nicht rauskriegten!«

MONTAGABEND, 27. MAI

Nach dem Abendessen verschwanden Jonas, Amélie und Lukas gleich in ihrer Ferienwohnung. Amélie legte die Skizzen auf den Tisch. »Die Autonummer ist, glaube ich, einfach«, sagte sie und vervollständigte mit einem dünnen Bleistiftstrich die Buchstaben und Zahlen.

Jonas überlegte. »DA können wir, glaube ich, streichen«, sagte er.

»Wieso?« Die anderen schauten Jonas fragend an.

»Weil DA das Kennzeichen für Darmstadt ist!«, erklärte Jonas. »Und so, wie die Typen gesprochen haben, klang das eher Fränkisch, eben wie BA: Bamberg!«

Lukas schnappte sich ein Glas vom Tisch. »Mein lieber Holmes!«, rief er im Stil eines Journalisten und hielt Jonas das Glas als Mikrofon hin. »Oder darf ich Sherlock zu Ihnen sagen? Was gedenken Sie nun zu tun? Können Sie uns auch schon die Adresse der Ganoven verraten?«

Aber Amélie packte Lukas und kitzelte ihn so sehr, dass das Interview ein abruptes Ende nahm.

»Überleg dir lieber mal, was ein Digitus ist, du Rübelrunke«, rief sie und brachte das Glas in Sicherheit. »So hieß das doch, was der eine mitnehmen sollte, oder?«

Lukas nickte. »Es heißt Runkelrübe! Aber du hast Recht: Das wäre interessant zu wissen.«

Jonas zeichnete wieder etwas. »Wir dürfen die Personenbeschreibungen nicht vergessen. Lasst uns doch so was wie einen Steckbrief machen!«

Das Ergebnis konnte sich sehen lassen. »Genauso habe ich sie in Erinnerung!«, rief Amélie bewundernd.

»Wir sollten sie Schnorres und Warzenbacke nennen.«

Lukas stand auf. »Gut, und ich frage Onkel Dieter, ob er weiß, was ein Digitus ist«, sagte er.

Jonas grinste. »So, wie ich dich kenne, wirst du auch kurz bei Tante Vroni vorbeigehen, um zu fragen, ob sie vielleicht noch etwas Kuchen hat!«, sagte er und griente. »Aber das ist eine sehr gute Idee …«

Sie mussten nicht lange warten. Weder auf die Antwort noch auf den Kuchen. »Ein Digitus ist ein Finger«, berichtete Lukas und biss ein großes Stück Käsekuchen ab.

»Ein Finger?!«, riefen Jonas und Amélie verblüfft.

Sie schauten Lukas ungläubig an.

Der nickte. »Ja! Ein Finger!«, bestätigte er mit vollem Mund. »Wir haben extra im Lexikon nachgeschaut!«

»Aber …« Jonas zog die Stirn in Falten. »Wie soll denn Schnorres um Himmels willen einen Finger klauen?«

»Ob er den jemandem absäbeln muss?« Amélie schüttelte sich. »So, wie das die Mafia manchmal macht!«

»Und sonst stand nichts im Lexikon?«, fragte Jonas.

Lukas schüttelte den Kopf. »Nichts! Aber Onkel Dieter hat sich gewundert, warum wir das unbedingt wissen wollen. Ich habe erzählt, wir hätten das Wort irgendwo gehört.«

»Dann können wir nur abwarten, ob was passiert«, seufzte Jonas und schaute sich noch mal die Porträts auf dem Steckbrief an.

»Ob Professor Reuß Bescheid weiß?«, fragte Lukas.

»Hör mir bitte auf mit dem Reuß«, erwiderte Amélie.

»Wie? Unsere süße, kleine Computerexpertin mag den lieben Professor wohl nicht?« Lukas imitierte den Reuß so genial, dass Jonas und Amélie losplatzten vor Lachen. »Komm, wir gehen ins Bett«, kicherte Amélie. »Und morgen früh wird endlich mal geradelt!«

DIENSTAG FRÜH, 28. MAI

Als die Kinder am nächsten Morgen zum Frühstück in die Küche kamen, hielt Onkel Dieter ihnen die Zeitung entgegen. »Ihr wolltet gestern doch wissen, was ein Digitus ist, nicht?« Die Kinder nickten.

»Na, dann schaut mal her!« Er zeigte auf einen Artikel.

scher Kuri

Dienstag, 28. Mai

Einbruch in Gößweinst

Gestern Abend wurde in der Basilika von Gößweinste
rochen. Es wurde ein wertvoller Digitus gestohlen
nun schon der dritte Einbruch in einer Kirche in let
Die Kriminalpolizei hat noch keine heiße Spur

ößweinstein. ■ In der Gößweinsteiner Basilika wurde in der
Montag auf Dienstag eingebrochen. Die Diebe nahmen einen ar
ernen Digitus mit. Sonstige Kunstgegenstände werden nicht v
en letzten Wochen wurde immer wieder in Kirchen ein
ommissar Grellner der Bayreuther Kripo: „Wir scheinen es mit

»Heiliger Bimbam!«, entfuhr es Lukas.

»Heilig irgendwie schon«, sagte Onkel Dieter. »Aber wohl kein Bimbam. Egal, ich muss jetzt los!« Er stand auf. »Seid so gut und räumt die Sachen später in die Spülmaschine. Bis heute Abend!« Und weg war er.

»In dem Artikel heißt es, dass in letzter Zeit schon mehrmals Sachen aus Kirchen geklaut worden sind. Ob das immer Schnorres und Warzenbacke waren?«, fragte Jonas.

»Schon möglich«, meinte Amélie. »Aber was machen sie mit den Sachen? Auf dem Flohmarkt kann man die ja wohl kaum verkaufen!«

»Ach, da gibt es bestimmt Liebhaber und Sammler«, meinte Lukas. »Aber jetzt wissen wir immer noch nicht, wie dieses Digidingsbums aussieht. Wer könnte uns denn da weiterhelfen?«

»Hier am Frühstückstisch werden wir wohl kaum eine Lösung finden«, sagte Amélie und stand auf. »Wir wollten doch sowieso radeln, oder? Also! Wir fahren nach Gößweinstein! Vielleicht erfahren wir da mehr. Kann doch sein, dass es 'ne Postkarte von dem Teil gibt.«

Amélie wartete schon vor dem Haus, als Jonas und Lukas endlich mit ihren Rädern erschienen.

»Ich möchte mal wissen, wer das Märchen erfunden hat, dass Mädchen immer so lange brauchen, bis sie alles haben. Immer muss ich auf euch warten!«

Lukas grinste entschuldigend. »Tut mir Leid, aber ganz ohne Proviant losradeln …« Er klopfte auf eine Plastikdose, die er hinten auf dem Fahrrad festgeklemmt hatte. Jonas schaute sich unterdessen eine Karte der Umgebung an. »Super! An der einen Seite der Püttlach führt ein Wanderweg durchs Tal, bis nach Behringersmühle.« Er zeigte es den anderen beiden.

»Und dort überqueren wir die Straße und laufen die Straße hoch nach Gößweinstein!«

Lukas hob die Brauen. »Ich denke, wir wollen radeln und nicht wandern?«

Amélie grinste. »Ganz egal wie viel Brotzeit du dabei hast …« Sie zeigte auf die Karte. »Schau mal, was für eine Steigung die Straße hat!«

Lukas schluckte. »16 %? Muss das sein?«

Jonas faltete die Karte zusammen und steckte sie in die Tasche. »Wenn Gößweinstein heute Nacht nicht ins Tal verlegt wurde, fürchte ich schon!«, lachte er.

Dann fuhren sie los. »Da ist das Fränkische-Schweiz-Museum!«, zeigte Jonas den beiden. »Den Direktor und seinen Stellvertreter habe ich bei meinem letzten Besuch bei Onkel Dieter kennen gelernt. Die sind total nett. Vielleicht können sie uns weiterhelfen!«

»Ganz schön viel Polizei hier«, bemerkte Amélie. »Ob die hier auch beklaut wurden?«

Wo sieht Amélie Polizisten?

MUSEUM
P
BT-XL 15

»Ist doch logisch!« Amélie zeigte auf die Autos. »Bei einigen Fahrzeugen liegen Polizeimützen auf der Ablage. Und die Männer dort links haben ein Funkgerät in der Hand!«

Sie stellten ihre Räder am Eingang vom Museumshof ab und gingen hinein.

»Hallo, Jonas! Wie geht's dir?« Aus einem der Gebäude kam ihnen ein Mann entgegen. »Bist du wieder mal bei deinem Onkel zu Besuch?« Er schüttelte ihnen die Hand. »Hübner«, stellte er sich bei den anderen beiden vor. »Ich bin hier der stellvertretende Direktor.«

Amélie kam gleich zur Sache. »Wurde bei Ihnen auch eingebrochen?«, fragte sie.

Herr Hübner schüttelte den Kopf. »Zum Glück nicht. Aber die Kripo ist hier, um sich zu informieren. Wir haben im Museum einen Gegenstand, der dem gestohlenen Digitus sehr ähnlich sieht. Damit die Kripoleute wenigstens wissen, wonach sie suchen müssen. Und Bildmaterial haben wir natürlich auch.«

»Was ist denn nun genau ein Digitus?«, fragte Lukas.

Herr Hübner nahm sie mit zu dem Gebäude, aus dem er gerade gekommen war. »Ein Digitus ist eine Art Zeigestab aus Silber. Er wird in der katholischen Kirche benutzt, wenn hoher Besuch kommt. Ein Bischof zum Beispiel. Mit dem Digitus werden ihm die Zeilen in der Bibel angezeigt, die er vorzulesen hat.«

»Wie ein verlängerter Zeigefinger?«, fragte Lukas.

»Genau.« Herr Hübner öffnete eine Tür. »Dies hier ist die alte Synagoge von Tüchersfeld und in der Vitrine da drüben haben wir einen Jad. So heißt der Digitus bei den Juden.« Er zeigte auf den Gegenstand.

»Der ist bestimmt ganz schön wertvoll?«, fragte Jonas. Herr Hübner nickte. »Allerdings!« Er zog ein paar Fotos aus einer Mappe. »Schaut, hier habt ihr noch zwei Exemplare. Im ersten Moment glaubt man, sie sind gleich. Und doch unterscheiden sie sich.«

Könnt ihr die Unterschiede erkennen?

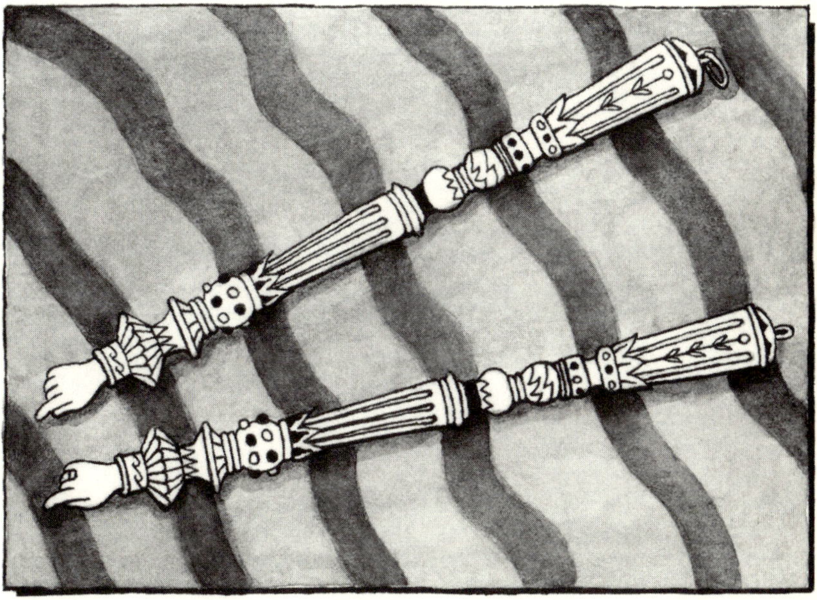

»Gar nicht so einfach …«, grübelte Lukas. »Da sind so viele kleine Details.« (–>)

»Herr Hübner! Können Sie mal schauen?« Einer der Kripoleute steckte seinen Kopf durch die Tür.

»Ich komme sofort!« Er schob die Kinder zur Tür. »Kommt morgen noch mal wieder. Dann habe ich mehr Zeit.« Und er sperrte die Tür der Synagoge hinter sich zu.

»Oooh, ich kann gleich nicht mehr!«, schnaufte Lukas und lehnte sich gegen einen Baum. »Können wir mal eine Pause machen?«

»Komm, stell dich nicht so an!«, rief Jonas. »Gößweinstein liegt nun mal ganz oben auf dem Berg. Egal wie laut du rumjammerst!«

»Aber müssen es denn gleich 16 % Steigung sein?« Lukas fächerte sich Luft zu.

Amélie schob ihr Rad an ihm vorbei. »Hopp, du Schlaffi, da oben sind schon gleich die ersten Häuser. So weit ist es gar nicht mehr!«

Amélie hatte Recht. Sie hatten es bald geschafft.

»Willkommen im Wallfahrtsort Gößweinstein« stand auf einem großen Schild am Ortseingang. Die große Basilika hatten sie bald entdeckt. »Boah, die ist ja riesig!«, rief Lukas, als sie vor dem Bau standen. Von allen Seiten strebten Menschen herbei, um die eindrucksvolle Kirche zu besichtigen. Auch die Kinder gingen hinein. »Ich glaube nicht, dass wir hier schlauer werden«, sagte Jonas, nachdem sie einmal herumgegangen waren. »Kommt, wir schauen uns lieber draußen mal um!«

In den Straßen war viel los. Ganze Busladungen mit Touristen wurden auf den kleinen Ort losgelassen. Und in den zahlreichen Souvenirläden wurden die verschiedensten Sachen angeboten: von Fossilien und Mineralien über Trachtenhüte bis hin zu Plastikdinosauriern.

»Schaut mal, die vielen Ammoniten!«, rief Lukas.

»Mmh. Alles Nachbildungen«, sagte Jonas verächtlich.

Warum weiß Jonas, dass es Nachbildungen sind? (–>)

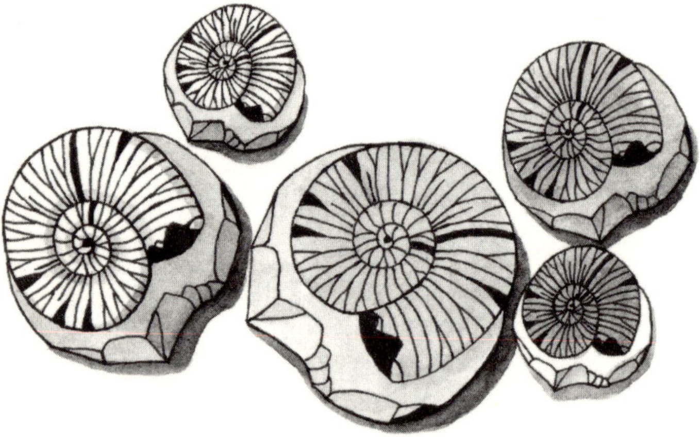

»Also, ich wäre fast drauf reingefallen!«, lachte Lukas. »Da drüben ist noch so ein Laden. Wollen wir da mal schauen?«

»Eine scharfe Mischung«, sagte Jonas. »Soll ich dir so 'nen rosa Plüschhund zum Geburtstag schenken, Amélie?« Doch Amélie antwortete nicht. Sie winkte ihre Freunde heran und deutete wortlos ins Schaufenster.

Was hatte Amélie entdeckt?

A. PORRESCH
Morgenstund hat Gold im Mund!

»Ich werd verrückt!«, flüsterte Jonas. »Reuß zusammen mit Schnorres und Warzenbacke! Was die da wohl reden?« Amélie nickte. »Ich würde was dafür geben, bei denen mal Mäuschen zu spielen.«

»Und der andere scheint wohl der Geschäftsinhaber zu sein. Dieser ...« Lukas schaute zum Ladenschild hoch. »Dieser A. Porresch!« Amélie zog die beiden Jungs hinter die Kleiderständer. »Achtung! Sie kommen heraus!«

Siehst du die drei?

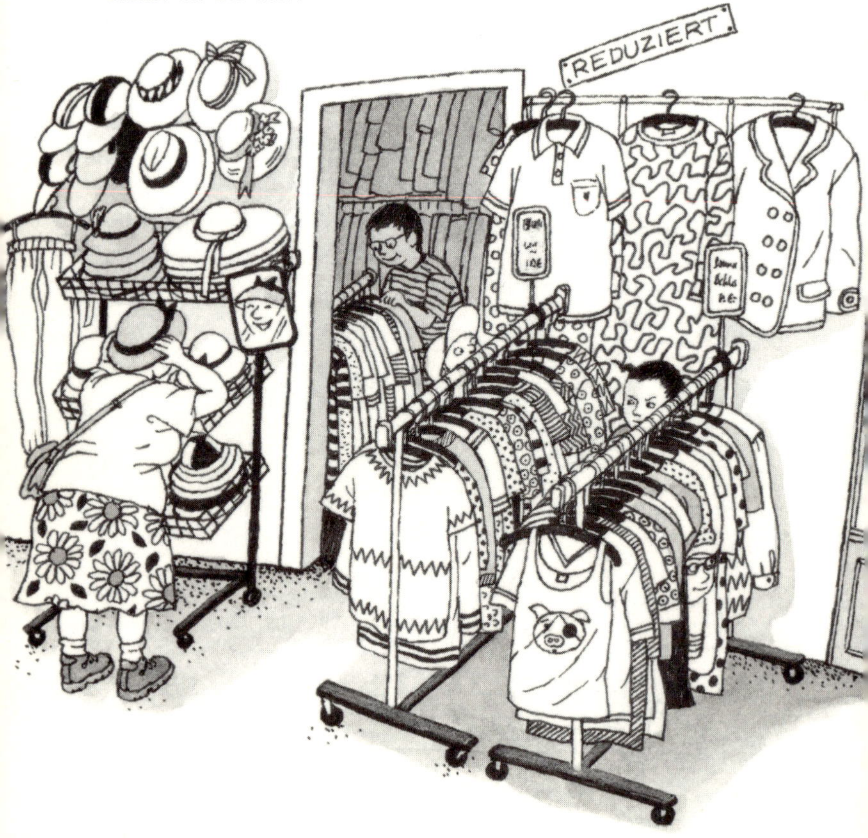

Die Männer liefen an den Ständern vorbei und blieben etwa zwei Meter weiter stehen. »Dann ist also alles geklärt?« Reuß schaute die beiden Männer fragend an.

»Jaja. Die Anzeige ist ...«, begann Schnorres.

»Schatz! Schau mal«, trompetete eine etwas füllige Touristin direkt neben den Kindern. »Sind diese Hündchen nicht süß?« – »Oh nein!«, flüsterte Amélie. »Diese Schraubschrecke vermasselt uns die ganze Tour!«

Aber sie hatten Glück. Die Frau hatte den Hutstand entdeckt und hielt endlich ihren Mund.

»... Netzstelle, dann läuft das doch von allein«, lachte Reuß und gab den beiden Männern die Hand. »Ich sage euch auf jeden Fall bald Bescheid!«, und er lief links die Hauptstraße hinunter. Schnorres und Warzenbacke berieten sich leise und wendeten sich nach rechts. »Komm, wir schauen, wo die hingehen!«, sagte Jonas. Sie folgten den Männern in sicherem Abstand. »Die gehen zu dem großen Parkplatz«, vermutete Lukas. Er hatte Recht. Doch gerade als sie schauen wollten, in welches Auto die beiden einstiegen, schob sich ein riesiger Reisebus in ihr Blickfeld und ließ die Fahrgäste aussteigen. Die Kinder rannten weiter, aber Schnorres und Warzenbacke waren im Gewühl verschwunden. »Oh Mann! Diese Touris rauben mir noch den letzten Nerv!«, rief Jonas.

Wo waren die beiden abgeblieben?

HOTEL
Wach- und
Schließgesellschaft
Beckstein
Flitzer-Reis
BA-DR 75

Sie schauten angestrengt über den Parkplatz, aber es wimmelte nur so von Menschen. »Dort steht der alte Volvo aus dem Steinbruch!«, rief Amélie. »Aber der ist leer!« – »Ha! Ich habe sie aber entdeckt!«, rief Lukas und stieß Jonas und Amélie in die Seite. »Da drüben in dem grauen Kastenwagen! ›Wach- und Schließgesellschaft Beckstein‹ steht auf der Tür!« Amélie und Jonas schauten in die angegebene Richtung. Tatsächlich, da waren sie. Schnorres saß ungeduldig hinter dem Steuer und trommelte auf das Lenkrad. Dann war er an der Ausfahrt des Parkplatzes angekommen. Er warf das Kleingeld in den Automaten, der Schlagbaum öffnete sich und das Auto verschwand. »Tja, das war's dann für heute …« Amélie seufzte tief. »Viel haben wir ja nun nicht rausgekriegt.« Jonas zog die Stirn kraus. »Von einer Anzeige haben sie irgendwas gesagt und von einer Netzstelle …« Amélie schnitt eine Grimasse. »Und ich bezweifele, dass diese Netzstelle etwas mit Angeln zu tun hat!« – »Aber dass Schnorres und Warzenbacke ausgerechnet bei einer Wach- und Schließgesellschaft arbeiten …«, überlegte Lukas. »Das ist ja ein Ding! Solche Firmen sind doch für die Sicherheit von Banken und Museen zuständig! Und sie haben auch die Schlüssel für diese Gebäude!« – »Ich könnte mir sogar vorstellen, dass das ihre Firma ist«, überlegte Jonas. »Und dass sie weit mehr ›bewachen‹ und aufschließen …«

MITTWOCH FRÜH, 29. MAI

Am nächsten Morgen saß Professor Reuß zu ihrer großen Überraschung bei Tante Vroni in der Küche. »Guten Morgen! Gut geschlafen?«, begrüßte er die Kinder. »In meiner Ferienwohnung sind heute früh die Handwerker zugange«, erklärte er. »Und da hat eure Tante mich zu diesem wunderbaren Frühstück eingeladen.« Er nahm sich noch ein Brötchen.

»Na, habt ihr gestern eine schöne Radtour gemacht?«

Jonas schaute Amélie und Lukas kurz an. »Jaja, wir haben eine ziemlich lange Tour gemacht. Und wir waren im Fränkische-Schweiz-Museum.«

Reuß nickte. »Ein wunderschönes Museum. Und höchst interessant. Habt ihr euch denn schon alle Abteilungen angeschaut?« Er wurde immer gesprächiger.

»Die Kripo war da«, erzählte Amélie ganz beiläufig. »Wegen des Diebstahls in der Basilika von Gößweinstein. Davon haben Sie sicher auch schon gehört.«

»Ein Diebstahl?« Reuß schaute überrascht. »Nein, das höre ich soeben zum ersten Mal!« Er langte in seine Hosentasche und zog seine Armbanduhr hervor und legte sie auf den Tisch. »Komisch«, sagte Lukas. »Wir dachten, Sie seien deswegen gestern auch in Gößweinstein gewesen!« Reuß schaute Lukas alarmiert an. »Ich? In Gößweinstein? Da müsst ihr euch getäuscht haben! Ich war gestern nicht in Gößweinstein.« Er langte erneut in seine Hosentasche. »Wo habe ich denn bloß meine Armbanduhr«, murmelte er. »Die liegt doch vor Ihnen!«, sagte Amélie. Reuß lachte nervös. »Tja, langsam werde ich wohl wirklich zu einem zerstreuten Professor!«, und stand auf. An der Küchentür drehte er sich noch mal um. »Euch noch einen schönen Tag!«, sagte er. »Und solltet ihr meinen Doppelgänger bei Porresch wieder sehen, grüßt ihn schön von mir!«

Die Kinder sahen ihm erstaunt nach. Lukas hatte etwas aufgehoben. »Schaut mal! Das ist Reuß aus der Tasche gefallen.«

»Was das wohl zu bedeuten hat?« Er runzelte die Stirn. »Ich hebe es für alle Fälle mal auf«, meinte er.

»Habt ihr übrigens gemerkt, dass Reuß sich verraten hat?«

Jonas grinste breit. »Und ob: Wir haben nur erwähnt, dass wir ihn in Gößweinstein gesehen haben, aber nicht wo! Den Namen des Ladens hat keiner von uns erwähnt!« In diesem Moment flog die Tür auf und Tante Vroni kam mit voll gepackten Taschen in die Küche. »Na, habt ihr alles gefunden?«, fragte sie und stellte die Sachen ab. »Alles paletti!«, sagte Lukas. »Und deine Erdbeermarmelade ist absolut super!« Tante Vroni lachte und kramte in einer der Taschen. »Ist der Professor denn noch da?«, fragte sie. »Er wollte unbedingt den Anzeiger lesen, sobald der da ist.« Sie legte das Wochenblatt auf die Anrichte. »Der Reuß ist schon weg«, sagte Jonas und langte nach der Zeitung. »Professor Reuß«, verbesserte Tante Vroni ihren Neffen. Jonas verdrehte die Augen. »Ist ja gut ...« Tante Vroni lachte. »Jetzt zieh keinen Flunsch. Schau lieber mal nach, ob das Programm für das Ritterfest auf der Burgruine Neideck schon in der Zeitung steht. Ich bin im Keller, falls ihr mich sucht.« Amélie nahm die Zeitung und schlug sie auf. »Da sind ja fast nur Anzeigen drin!«

Jonas zeigte auf den Zeitungsnamen. »Warum meinst du, heißt das Blatt so? Alles im Angebot: von kleinen Kätzchen bis hin zu rüstigen Senioren!«

Plötzlich hielt er inne. »Schaut mal da! Was hat das denn zu bedeuten?«

Was hat Jonas entdeckt?

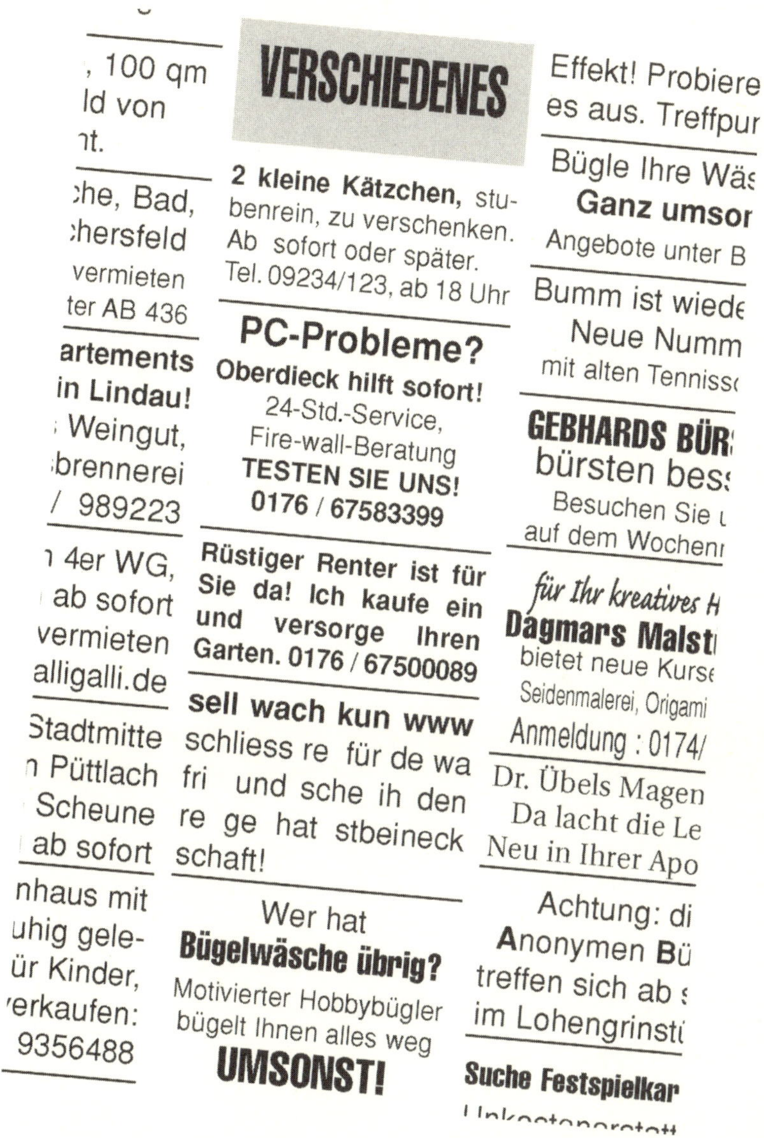

, 100 qm
ld von
nt.

che, Bad,
chersfeld
vermieten
ter AB 436

artements
in Lindau!
Weingut,
brennerei
/ 989223

n 4er WG,
ab sofort
vermieten
alligalli.de

Stadtmitte
n Püttlach
Scheune
ab sofort

nhaus mit
uhig gele-
ür Kinder,
verkaufen:
9356488

VERSCHIEDENES

2 kleine Kätzchen, stubenrein, zu verschenken. Ab sofort oder später. Tel. 09234/123, ab 18 Uhr

PC-Probleme?
Oberdieck hilft sofort!
24-Std.-Service,
Fire-wall-Beratung
TESTEN SIE UNS!
0176 / 67583399

Rüstiger Renter ist für Sie da! Ich kaufe ein und versorge Ihren Garten. 0176 / 67500089

sell wach kun www
schliess re für de wa
fri und sche ih den
re ge hat stbeineck
schaft!

Wer hat
Bügelwäsche übrig?
Motivierter Hobbybügler
bügelt Ihnen alles weg
UMSONST!

Effekt! Probiere
es aus. Treffpun

Bügle Ihre Wäs
Ganz umsor
Angebote unter B

Bumm ist wiede
Neue Numm
mit alten Tenniss

GEBHARDS BÜR
bürsten bess
Besuchen Sie u
auf dem Wochenm

für Ihr kreatives H
Dagmars Malst
bietet neue Kurse
Seidenmalerei, Origami
Anmeldung : 0174/

Dr. Übels Magen
Da lacht die Le
Neu in Ihrer Apo

Achtung: di
Anonymen **B**ü
treffen sich ab s
im Lohengrinst

Suche Festspielkar

»Schaut euch diese Anzeige an! Das ist ja merkwürdig …« Er zeigte auf einen Kasten unter der Rentneranzeige. »Das ergibt doch gar keinen Sinn?«

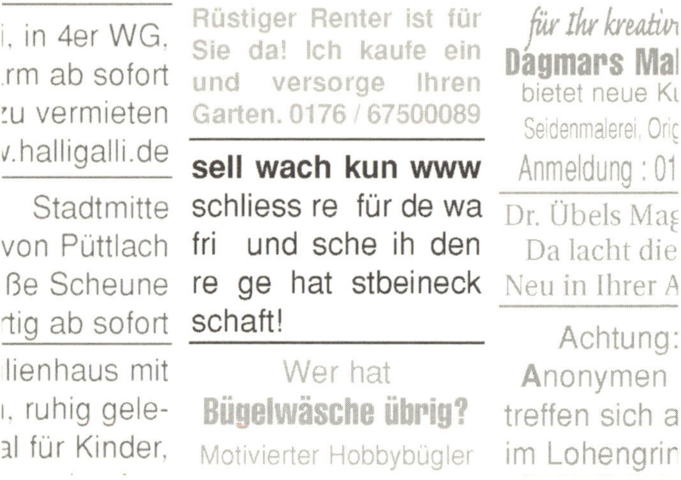
i, in 4er WG,
.rm ab sofort
:u vermieten
v.halligalli.de

Stadtmitte
von Püttlach
ße Scheune
rtig ab sofort

ilienhaus mit
ı, ruhig gele-
al für Kinder,

Rüstiger Renter ist für Sie da! Ich kaufe ein und versorge Ihren Garten. 0176 / 67500089

sell wach kun www
schliess re für de wa
fri und sche ih den
re ge hat stbeineck
schaft!

Wer hat
Bügelwäsche übrig?
Motivierter Hobbybügler

für Ihr kreativ
Dagmars Mal
bietet neue Ku
Seidenmalerei, Orig
Anmeldung : 01

Dr. Übels Mag
Da lacht die
Neu in Ihrer A

Achtung:
Anonymen
treffen sich a
im Lohengrin

Auch Lukas und Amélie schüttelten den Kopf. Sie lasen den Text noch mal durch. »Komisch, aber es erinnert mich an etwas …« Amélie runzelte die Stirn.

»Egal. Schaut mal, da ist das Programm vom Ritterfest!«, rief Lukas. »Oh, es gibt sogar Spießbraten!« Er rieb sich voller Vorfreude den Bauch. »Oh Mann, du denkst immer nur ans Essen!«, rief Amélie. »Ich finde die Ritterturniere spannender als jeden Braten dieser Welt.«

Sie diskutierten noch eine ganze Weile, was sie sich ansehen wollten und was nicht.

vor allem
wie immer
Dorfmitte
in Püttlach
ersau-Haas
ie Jagdver-
ing Steiner
wiederge-
mit vielen
n Stimmen
m so lautet
ommenden
Jahr wieder

Wir wünschen Dagmars Malstüberl auch im 2. Jah
so viel Erfolg wie bisher und hoffen, dass sich viel
Menschen kreativ betätigen können! *hs*

GROSSES RITTERFEST

Streitberg. Auch in diesem Jahr findet auf dei
Burgruine Neideck wieder ein Ritterfest statt,
und zwar am Sa., den 1. Juni, und So., den 2.
Juni. Ein atemberaubendes Ritterturnier, ein mit-
telalterlicher Markt, ein Feuerspektakel u.v.m.
Spießbraten vom Grill sowie viele andere
Spezialitäten runden das Programm für Jung und
Alt ab. Kostenlose Parkplätze wie immer unten
auf der Wiese. Einlass ist jeweils um 11 Uhr. Das
Ritterfest schließt abends gegen 22 Uhr, am
Sonntag gibt es zum Abschluss um diese Zeit ein
großes Feuerwerk.

Plötzlich hielt Amélie inne:
»Ich hab's!«, rief sie aufgeregt und blätterte in der Zeitung. Jonas und Lukas schauten verdattert. »Was hast du?«, fragte Lukas vorsichtig.

»Die Lösung für diese Anzeige natürlich!«, rief Amélie. »Ich glaube, es ist ein Silbenrätsel! Und das müsste zu einer Internetadresse gehören!« Sie zeigte auf die Buchstaben »www«. Lukas rollte ein Blatt Papier zusammen. »Meine Damen und Herren, heute haben wir ein großes Genie im Studio …«, fing er an, aber Amélie schnappte sich sein »Mikro« und fing an, die Silben zu kombinieren.

Wie lautet die Anzeige?

Zufrieden legte sie den Stift hin. »Na, was sagt ihr nun?« Lukas kratzte sich am Ohr. »Du bist wirklich ein Genie!« Amélie lachte. »Mein Name reimt sich nicht umsonst auf dieses Wort!« Jonas nahm den Zettel in die Hand. »Aber was kann denn eine Wach- und Schließgesellschaft nur für frische Ware haben?«, überlegte er. »Na, so wie Schnorres und Warzenbacke aussehen, sind es sicherlich keine Erdbeeren!«, sagte Amélie. »Wir werden das am schnellsten rausfinden, indem wir unter dieser Internetadresse nachschauen.«

Jonas seufzte. »Zu blöde! Ich habe Onkel Dieter versprochen, dass wir seinen Computer nicht benutzen, wenn er nicht da ist!« Amélie überlegte. »Aber im Museum drüben haben sie doch sicherlich einen Internetanschluss. Wir können ja mal fragen, ob wir etwas zu einer Versteinerung nachschauen dürfen!«

»Eine super Idee!«, rief Lukas. »Komm, wir gehen gleich mal rüber!« Herr Hübner war zum Glück da.

»Ihr geht die Sache ja richtig professionell an, was?«, lachte er. »In gewisser Weise schon«, grinste Lukas und setzte sich mit den anderen an den Computer in Hübners Büro. In dem Moment klingelte das Telefon. »Hübner«, meldete er sich. »Ja … ach prima! Ich komme gleich mal rüber!« Er legte auf. »Ich muss euch leider allein lassen. Kommt ihr zurecht?«

Die Kinder nickten und Herr Hübner verschwand.

»Etwas Besseres hätte uns gar nicht passieren können!« Amélie kramte den Zettel mit der Internetadresse aus ihrer Tasche. »Irgendwie sieht die Adresse schon komisch aus …«, murmelte Jonas und tippte sie ein: »www.stbeineck.de«, und drückte die »Enter-Taste«. »Folgender Server www.stbeineck.de kann nicht gefunden werden. Bitte überprüfen Sie den Server-Namen und versuchen Sie es erneut«, erschien auf dem Bildschirm. »Mist!«, rief Amélie verärgert. »Was machen wir denn jetzt?« Jonas grübelte. »Ich bin mir nicht sicher, aber vielleicht ist es ein Anagramm!« Lukas und Amélie schauten ihn verwundert an. »Ein Anna-was?« – »Das ist eine Art Buchstabenrätsel«, erklärte Jonas und nahm das Blatt Papier. »Schaut, man bildet aus den Buchstaben eines Wortes neue Wörter. Man darf aber keine Buchstaben hinzufügen oder weglassen.« Amélie nahm das Blatt.

Welche neuen Wörter kann man bilden?

»Dass wir da nicht gleich draufgekommen sind!« Jonas schlug sich an die Stirn. »Das liegt doch auf der Hand!«

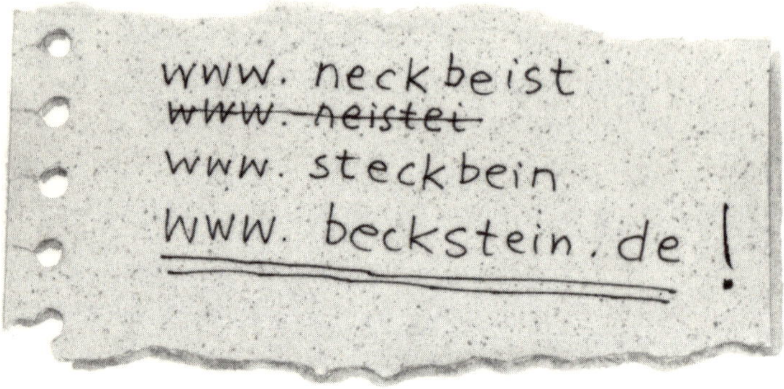

Schnell tippten sie die Adresse ein und schauten begeistert zu, wie sich die Internetseite aufbaute. »Lauter Kunstgegenstände!«, rief Lukas. »Ob sie wohl hauptsächlich für Museen arbeiten?« – »Arbeiten?«, fragte Amélie. »So würde ich das nicht nennen!« Sie scrollte die Seite weiter. »Da!«, rief sie aufgeregt. »Der Digitus!« Lukas und Jonas schauten mit offenem Mund auf die Abbildung. »Du hast Recht«, flüsterte Lukas.

»Habt ihr mal auf den Text geachtet?«, fragte Jonas.

»Der scheint auch verschlüsselt zu sein!« Amélie drückte ein paar Tasten. »Den drucken wir uns mal aus«, sagte sie. »Wo wir jetzt schon so weit gekommen sind, werden wir das auch noch herausfinden!«

Wie lautet der Text?

TOBEGNA MI UEN

ENETLAHRE TUG ERERHEM,
NEKITSALPLLOV ETSSAFEGZLOH,
TREDNUHRHAJ .91
(ANIRAHTAK .LH, KUMOPEN .LH .A .U)

RETHCUEL REGIMRANEBEIS DNU -FNÜF
TREDNUHRHAJ .81;REBLIS DNU DLOG NI

TREDNUHRHAJ .91, SUTIGID
ELLUTAHCS REDNESSAP TIM ,REBLISLLOV

LEFATVITOV ENETLES
TREDNUHRHAJ .91 ,ZLOH FUA LÖ

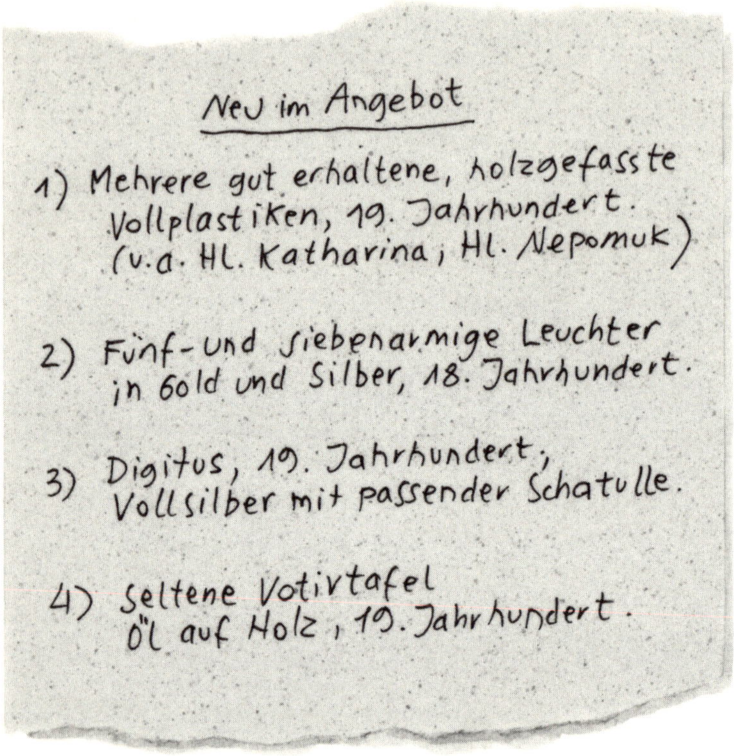
Neu im Angebot

1) Mehrere gut erhaltene, holzgefasste
Vollplastiken, 19. Jahrhundert.
(v.a. Hl. Katharina; Hl. Nepomuk)

2) Fünf- und siebenarmige Leuchter
in Gold und Silber, 18. Jahrhundert.

3) Digitus, 19. Jahrhundert,
Vollsilber mit passender Schatulle.

4) Seltene Votivtafel
Öl auf Holz, 19. Jahrhundert.

»Ganz schön dreist. Die bieten die Sachen ja feil wie in einem Katalog …«, staunte Lukas. »Am Ende wird alles noch frei Haus geliefert!« Jonas war in Gedanken versunken. »Was hat Reuß noch mal genau gesagt in Gößweinstein?«, fragte er. Amélie dachte nach. »Ich glaube, es hieß ›Netzstelle, dann läuft das von ganz alleine‹ oder so in der Art.« Plötzlich strahlte Jonas: »Ich hab's!«, rief er, »es heißt ›Wenn ich es ins Netz stelle, läuft die Sache von ganz alleine‹!« – »Das könnte hinhauen. Aber was machen wir denn jetzt?«, fragte Lukas. »Wir können noch nicht mal beweisen, dass Reuß an dieser Sache beteiligt ist.« Jonas zuckte die Schultern. »Schon, aber wir könnten Herrn Hübner wenigstens von dieser Homepage erzählen.« Sie schalteten den Computer aus und machten sich auf die Suche nach ihm. Gerade als sie den Innenhof des Museums überqueren wollten, hörten sie Stimmen: »Tja, mein lieber Hübner, ich danke Ihnen sehr für diese Hinweise. Ich werde das Amt für Denkmalpflege gleich mal informieren und sehen, was ich für diese Kirche tun kann.«

Die Kinder warteten, bis Professor Reuß verschwunden war, und gingen dann auf Herrn Hübner zu.

»Na, habt ihr gefunden, was ihr wolltet?«, fragte er fröhlich. »Ich hatte gerade ein sehr interessantes Gespräch mit Professor Reuß!« Er schaute sie an. »Ihr wisst schon. Der Gast aus Berlin. Also, so ein kompetenter Wissenschaftler! Und wie er sich mit alten fränkischen Kirchen auskennt! Wirklich ein sehr interessanter Mann …«

Lukas wollte gerade den Mund öffnen, als Amélie ihn in die Seite stieß. »Vielen Dank, dass wir Ihren Computer benutzen durften, Herr Hübner«, sagte sie mit zuckersüßer Stimme. »Wir haben wieder viel dazugelernt! Auf Wiedersehen!« Herr Hübner lachte. »Das freut mich sehr. Tja, dann bis bald mal wieder«, und er verschwand in seinem Büro. Die Kinder liefen zum Forsthaus zurück. »Was um Himmels willen haben wir denn heute gelernt?«, fragte Lukas Amélie verwundert. »Einiges!«, sagte sie entschieden. »Erstens, dass Erwachsene anscheinend vor jedem, der einen Professorentitel hat, rumbuckeln, und zweitens, dass wir die Sache selber in die Hand nehmen müssen!«

MITTWOCHMITTAG, 29. MAI

»Oh, Onkel Dieter ist schon zu Hause«, sagte Jonas, als sie in die Straße einbogen. Er zeigte auf den Jeep des Försters. Sie fanden Onkel Dieter in der Küche, wo er sich gerade ein Brot schmierte. »Hallo, ihr Steinzeitforscher!«, begrüßte er die Kinder und biss in das Brot. Amélie überlegte kurz. »Onkel Dieter, hast du vielleicht die Adresse von dem Amt für Denkmalpflege in Berlin?«, fragte sie. Sowohl Onkel Dieter als auch Lukas und Jonas schauten sie erstaunt an. »Ja klar!«, antwortete Onkel Dieter mit vollem Mund. »Professor Reuß hat mir seine Visitenkarte gegeben.« Er zog seinen Geldbeutel hervor und suchte die Karte heraus.

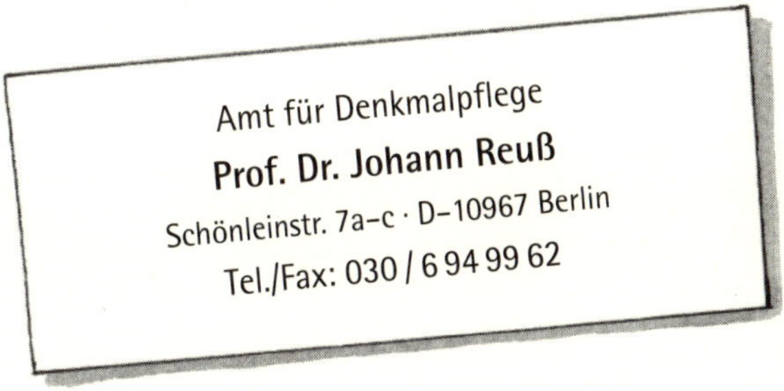

»Hier ist sie. Aber was willst du denn mit der Adresse? Willst du deine Berufspläne ändern?«

Amélie lachte. »Nein, aber ich möchte mal ein Referat in der Schule zu dem Thema machen. Und die können mir sicherlich interessantes Material schicken!«

»Hmm.« Onkel Dieter überlegte. »Bestimmt. Aber warum fragst du nicht Professor Reuß selber?« Amélie winkte ab. »Der muss es ja auch erst wieder weitergeben und da kann ich es genauso gut selber anfordern. Könnte ich die Karte kurz behalten?« Onkel Dieter nickte kauend. »Ist die Garage offen?«, fragte Jonas. »Ich bräuchte mal einen Schraubenzieher.« Sein Onkel schüttelte den Kopf. »Die Garage ist geschlossen. Professor Reuß hat sie zurzeit gemietet!« Er räumte die Butter in den Kühlschrank. »Aber ich habe einen Schraubenzieher in meinem Büro«, sagte er. Lukas horchte auf. »Hat Herr Reuß denn so ein schickes Auto?«, fragte er. Onkel Dieter lachte. »Nee, er fährt einen uralten Kombi! Aber er hatte schon zu Anfang per Mail angefragt, ob er die Garage auch mieten könnte. Keine Ahnung, warum. Jetzt muss ich aber los! Tante Vroni wartet auf mich. Wir kommen gegen sechs zurück. Tschüss!« – »Soso, ein Referat!«, grinste Jonas, als Onkel Dieter weg war. »Ich wusste gar nicht, dass dich dieses Thema so brennend interessiert …« Sie schauten sich die Visitenkarte genau an. »Sie sieht ganz normal aus«, fand Lukas und schaute auf die Uhr. »Ob sie auch ganz echt ist, können wir ja mal feststellen.« Amélie wählte die Telefonnummer. »Amt für Denkmalpflege – mein Name ist Geisler. Was kann ich für Sie tun?«, meldete sich eine weibliche Stimme am Telefon. »Guten Tag, mein Name ist Roux. Ich hätte gern Professor Reuß gesprochen!«,

antwortete Amélie. »Oh, das tut mir Leid«, sagte Frau Geisler. »Professor Reuß ist in einer wichtigen Besprechung und die ist nicht vor heute Abend zu Ende. Kann ich Ihnen vielleicht weiterhelfen?« – »Nein, vielen Dank!«, sagte Amélie fröhlich. »Das heißt: Sie haben mir schon geholfen! Wiederhören!« Und sie legte auf. Lukas und Jonas hatten das Gespräch mitverfolgt und schauten sie fragend an. »Tja, jetzt wissen wir es sicher«, sagte Amélie nachdenklich. »Wir wohnen mit einem Betrüger unter einem Dach … hoffentlich ist er nicht auch noch gefährlich!«

»Sollten wir das nicht lieber Onkel Dieter erzählen?«, fragte Lukas zweifelnd. »Wer weiß, was Reuß noch alles im Schilde führt …« Jonas schüttelte den Kopf.

»Wahrscheinlich denken Onkel Dieter und Tante Vroni nur, dass wir zu viel Fernsehen gucken, wenn wir das erzählen. Amélie hat Recht: Wir gehen der Sache erst mal weiter auf den Grund.« Ihr Gespräch wurde von Telefonläuten unterbrochen. »Forstamt Tüchersfeld, bei Fuchs«, meldete sich Jonas. »Ja, ich schau mal, ob er da ist«, und legte den Hörer neben den Apparat.

»Es ist für Reuß!«, flüsterte er den anderen zu. »Schnell! Versteckt euch in der Garderobe, damit ihr das Gespräch belauschen könnt!« Er ging hinüber zu der Ferienwohnung des Professors, während Amélie und Lukas sich blitzschnell hinter den langen Lodenmänteln von Onkel Dieter versteckten. Reuß war etwas irritiert, als er Jonas vor seiner Tür sah. »Ja … eh, was ist?«, fragte er. Jonas schaute unauffällig an Reuß vorbei in dessen Wohnung. »Es ist jemand für Sie am Telefon«, sagte er. »Bei Onkel Dieter.« Er zeigte auf die offene Wohnungstür.

»Ich komme sofort!«, brummte Reuß und knallte die Tür vor Jonas' Nase zu. Ein paar Minuten später kam er in den Flur. »Das Telefon ist dort drüben!«, zeigte Jonas und ging in die Küche. Reuß nahm den Hörer und nannte seinen Namen. »Wieso rufst du mich hier an und nicht auf meiner Handynummer?«, blaffte er ins Telefon. »Ist doch ganz einfach: 01 reuss berlin. Ja, da kannst du mich jederzeit erreichen. Gut. Ja. Mh. Ja, den Schlüssel habe ich beim Wächter abgelegt. Und morgen Abend gegen zehn. Ja, wie ausgemacht unten am Kuhloch.« Reuß legte auf und ging, ohne sich noch mal umzusehen, zurück zu seiner Wohnung.

Lukas und Amélie befreiten sich aus der Garderobe. »01-reuss-berlin …«, schnaufte Lukas. »Was er damit wohl gemeint hat?« Jonas nahm das schnurlose Telefon und grübelte.

Wenn du dir das Telefon genau anschaust, findest auch du die Nummer von Reuß heraus.

»Ich glaube, ich weiß es!«, murmelte er und lief mit dem Telefon in die Küche. Er zeigte auf die Tastatur. »Schaut, die Tasten haben sowohl Ziffern als auch Buchstaben!« Er nahm ein Blatt Papier und schrieb 01 reuss berlin hin. »Und jetzt?«, fragte Lukas. »Jonas hat Recht!«, rief Amélie. »Also: r = 7, e = 3. Und 0173 ist eine Handyvorwahl!« Schon bald stand die komplette Telefonnummer auf dem Blatt: »0173 877237546. So lautet die Handynummer von Reuß«, sagte Lukas strahlend. »Wer weiß, ob wir die nicht doch mal gebrauchen können!« Jonas nickte und legte das Telefon wieder in den Flur zurück. »Habt ihr gehört, was er gesagt hat? Der Schlüssel liegt beim Wächter … Was das wohl zu bedeuten hat?« Amélie zog die Brauen hoch. »Ja, und irgendwas mit einem Kuhloch«, ergänzte sie.

»Komisch, Wächter gibt es doch im Gefängnis und im Museum. Aber im Fränkische-Schweiz-Museum gibt es, glaube ich, keine, oder?« Jonas schüttelte den Kopf. »Vielleicht ist es eine Kneipe?«, schlug Lukas vor. »Wir könnten ja mal im Telefonbuch nachsehen?« Aber sie fanden weit und breit keine Kneipe oder Gaststätte mit diesem Namen.

Irgendwo im Haus klingelte es erneut. »Schon wieder Telefon?«, fragte Jonas und schaute in den Flur. Das Klingeln kam aber aus dem Büro von Onkel Dieter. »Ah, es kommt gerade ein Fax!«, sagte Amélie und deutete auf das Gerät. Sie zog das Blatt heraus. »Schon wieder was für Reuß!« Sie legten das Blatt auf den Tisch und schauten es sich genauer an. »Das sieht aber sehr interessant aus!«, sagte Lukas und pfiff durch die Zähne.

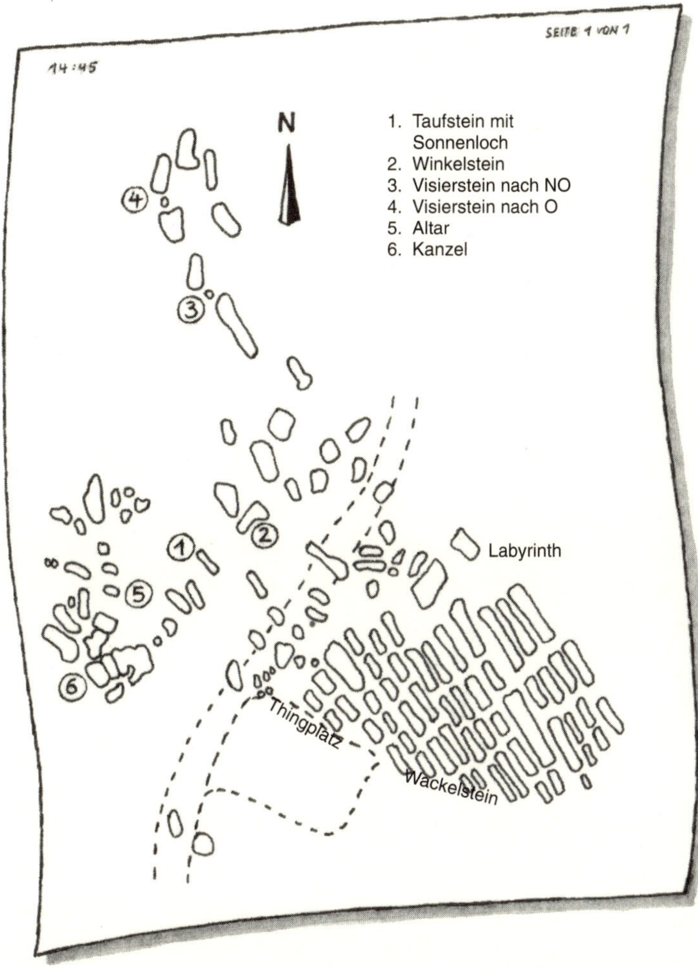

»Was das wohl zu bedeuten hat?« Jonas schaute verärgert. »So ein Mist, dass Onkel Dieter keinen Kopierer hat«, murmelte er. »Dann könnten wir in Ruhe rausfinden, was das für eine Karte ist!« Amélie zeigte zum Faxgerät hinüber und grinste. »Du täuschst dich. Natürlich haben wir einen Kopierer!« Sie nahm das Blatt und legte es ins Fax ein. Dann drückte sie die Taste »Start/Copy« und das Gerät kopierte die Nachricht für den Professor. Nun hatten sie zwei identische Karten. »Das eine Fax bringen wir gleich dem Reuß«, lachte Jonas. »Und dann werden wir unsere grauen Zellen mal ein bisschen anstrengen!«

Auf dem Weg nach oben klopften sie in der unteren Ferienwohnung an. »Was ist denn jetzt schon wieder?«, rief Reuß und riss die Tür auf. »Es ist ein Fax für Sie gekommen«, begann Jonas. Reuß nahm es wortlos an sich und machte die Tür sofort wieder zu. »Es geht doch nichts über einen freundlichen Feriengast«, spottete Lukas, während sie die Treppe hochgingen. Sie setzten sich an den großen Tisch und legten das Fax in die Mitte.

»Es erinnert mich irgendwie an einen Friedhof«, dachte Jonas laut. Amélie zeigte auf die Erläuterungen zu den Zahlen. »Komisch, schaut mal: Taufstein, Altar, Kanzel, das erinnert auch an einen mystischen Ort. So wie Stonehenge in England.«

Lukas stand auf. »Ich habe gesehen, dass dein Onkel

einen Reiseführer von der Fränkischen Schweiz hat. Vielleicht werden wir damit schlauer!«

Jonas und Amélie studierten weiter die Karte und Jonas überlegte. »Vielleicht hat das eine mit dem anderen gar nichts zu tun?«

Jetzt kam Lukas mit dem Buch zurück. Sie blätterten Seite für Seite durch. Plötzlich: »Da! Das ist dieselbe Karte!« – »Das ist die Karte vom Druidenhain!« Sie redeten aufgeregt durcheinander. Jonas zeigte auf den Begleittext. »Vielleicht finden wir dort was!«

Findest du heraus, was es mit dem Wächter auf sich hat?

Druidenhain (bei Wohlmannsgesees)

Tausend Tonnen schwere bemooste Felsbrocken liegen, scheinbar einer geometrischen Ordnung folgend, in einem Buchen-Fichten-Mischwald – eine keltische Kultstätte? Besuch besonders bei nebligem Wetter empfehlenswert.

In der Hallstatt- und Latènezeit (800 v. Chr. bis Christi Geburt) sind, von einer Unterbrechung abgesehen, keltische Stämme in Oberfranken nachweisbar. Größere Siedlungen und Wehranlagen keltischer Adelsgeschlechter sind z. B. von der Ehrenbürg, aber auch von dem nahe gelegenen Schlossberg bei Burggaillenreuth belegt. Die Kelten hatten eine hoch entwickelte Kultur. In ihrer Gesellschaft war die Priesterkaste hoch angesehen – in die Geheimnisse der Sternen- und Zauberkunde waren nur die Druiden eingeweiht. Der mystische Flair des so genannten Druidenhains zog schon damals die Menschen in ihren Bann. Immer wieder war angesichts der merkwürdigen reihenförmigen Anordnung der Felsen vermutet worden, dass die Druiden unter Zuhilfenahme ihrer Zauberkräfte die Felsen bewusst zu Gassen angeordnet hätten. Einem anderen Zweck sollen die schüsselförmigen Vertiefungen und ringförmigen Öffnungen der Felsen gedient haben.

Der Landwirt Georg Richter beschäftigte sich sein halbes Leben mit der Vermessung des Geländes. Nach seinen Schlussfolgerungen handelte es sich um eine Sonnenkultstätte, auf der astronomische Berechnungen durchgeführt wurden und Druiden ihre kinetischen Kräfte übten. Der *Wackelstein* wurde mittels Konzentration, allein durch Geisteskraft, bewegt.

Auch der *Taufstein,* ein vier Meter langer und ca. 40 Zentimeter dicker Felsblock, soll religiöse und astronomische Funktionen erfüllt haben: Durch das runde Loch in der Mitte passt genau ein Neugeborenes. An Sonnwendtagen sollen durch dieses Loch die ersten und letzten Sonnenstrahlen auf die umstehenden Felsblöcke geworfen werden (frühester Sonnenaufgang: Winkelstein, spätester Sonnenuntergang: Grab). Der Sonnenaufgang symbolisiert die Geburt. Bemerkenswert – der *Wächter,* ein mit menschlichen Gesichtszügen ausgestatteter Felsblock, blickt direkt auf den Taufstein.

Etwas nüchterner klingt die wissenschaftliche Erklärung, dass lediglich einige (der kleineren) Steine von Menschenhand in ihre heutige Position gerückt worden seien. Die bis zu fünf Meter hohen Blöcke des Felsenlabyrinths sind durch bestimmte Verwitterungsvorgänge entstanden, wobei geologisch vorgezeichnete Klüfte und Spalten im Gestein die »symmetrische« Anordnung beeinflussten. Seiner Anziehungskraft wird dieser geheimnisumwitterte Platz trotz einer naturwissenschaftlichen Erklärung nicht beraubt …

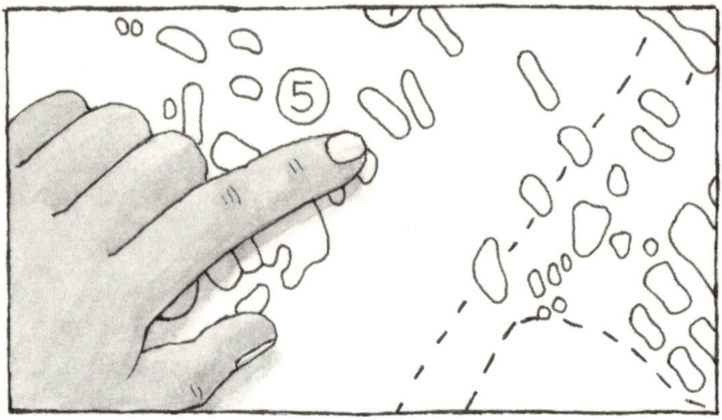

Sie schauten einander mit glänzenden Augen an.

»Boah! Das klingt ja voll spannend!«, rief Jonas. »Und jetzt wissen wir auch, was und wo der Wächter ist!«

Er zog das Fax noch mal heran. »Einer von diesen beiden Steinen müsste es sein.« Lukas und Amélie nickten.

»Ob wir es heute noch schaffen, dort hinzukommen?«, fragte Amélie. Sie schaute auf die Uhr. »Du meinst, um den Schlüssel zu suchen?«, fragte Jonas. »Genau!« Amélie nahm die Wanderkarte aus dem Regal. »Da wäre es doch von Vorteil, erst mal zu wissen, wo sich dieser Druidenhain befindet. Hoffentlich kommen wir da ohne weiteres mit unseren Rädern hin.« Sie beugten sich über die Karte. »Wir sind hier in Tüchersfeld. Und da drüben ist es!« Lukas zeigte auf ein Waldstück.

Wie kommt man da am besten hin?

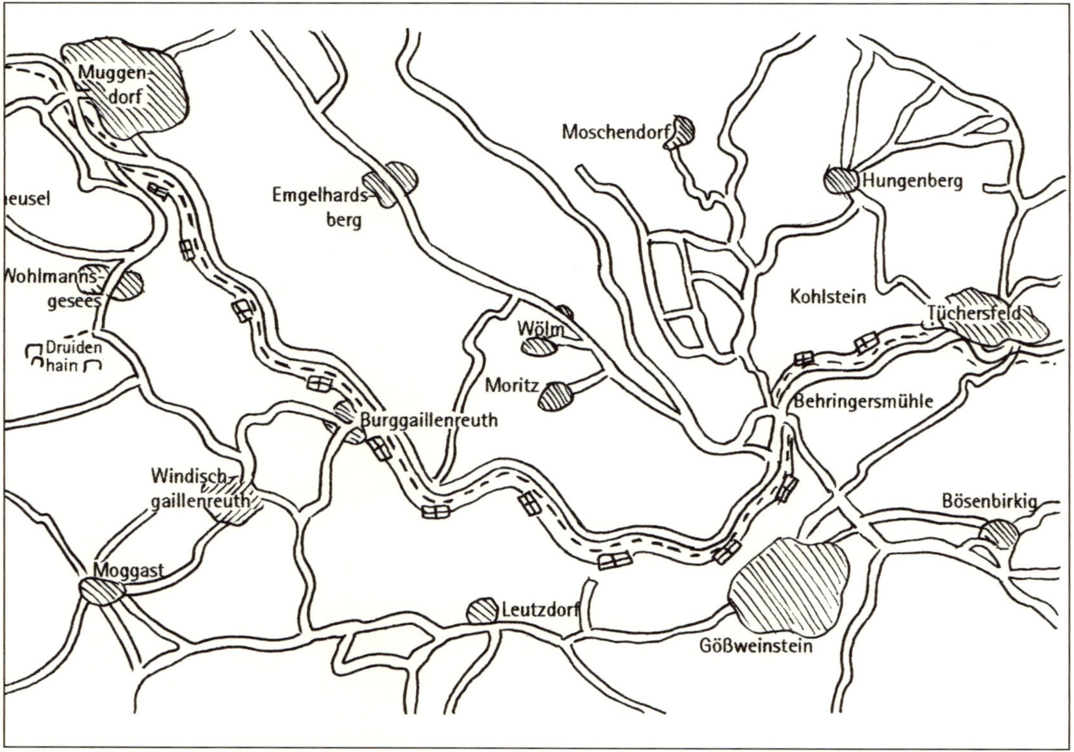
Muggen-
dorf
eusel
Wohlmanns-
gesees
Druiden
hain
Emgelhards-
berg
Moschendorf
Hungenberg
Kohlstein
Tüchersfeld
Wölm
Moritz
Behringersmühle
Burggaillenreuth
Windisch-
gaillenreuth
Bösenbirkig
Moggast
Leutzdorf
Gößweinstein

»Das ist ja gar nicht so weit!«, rief Jonas. »Wir können die meiste Zeit im Wiesenttal fahren, immer dem roten Kreuz nach. Bis nach Muggendorf.« Amélie überlegte. »Ist das der Leo-Jobst-Weg?« Jonas nickte. »Der geht immer an der alten Bahnlinie entlang und ist gut befestigt. Total easy!« Er schaute wieder auf die Karte. »Aber dann geht es die Straße steil hoch nach Wohlmannsgesees, Lukas!« Lukas schaute seinen Freund mitleidig an. »Mein lieber Freund, wenn es um die Verbrechensbekämpfung in dieser Gegend geht, ist mir doch keine Straße zu steil!« Amélie grinste. »Das werden wir ja dann sehen. Wenn wir uns beeilen, schaffen wir es noch heute Nachmittag!«

»He, lass uns auch noch was übrig!«, rief Jonas zu Lukas hinüber, der wie ein Verdurstender an der Wasserflasche hing. »Aaaah! Gerettet!« Lukas reichte die Flasche weiter und ließ sich nach hinten in die Wiese fallen. »Wenn ich das geahnt hätte … 19 % Steigung!« Er fächelte sich mit der Wanderkarte Luft zu. »Und ich habe gedacht, dir ist keine Straße zu steil, wenn es um Verbrechen geht!«, äffte Amélie ihn nach. Lukas schaute sie an. »Sehr komisch!«, antwortete er. »Es geht hier ja nur um einen Schlüssel, oder? Und es ist nicht mal sicher, ob wir den finden und ob er überhaupt noch da ist.« – »Stimmt genau!«, rief Jonas und stand auf. »Und genau deshalb sollten wir hier nicht zu lange rumliegen.« Auch Amélie stand auf. Sie zog Lukas am Bein. »Auf geht's! Rasten können wir hinterher noch lange genug.« Sie stiegen wieder auf die Räder und rollten durch Wohlmannsgesees.

»Dahinten links ist der Wanderparkplatz«, zeigte Jonas. »Dann müsste rechts der Wanderweg zum Druidenhain weggehen!« Er hatte Recht. Am Waldrand sahen sie eine große Tafel mit Erläuterungen zum Druidenhain. »Die Räder lassen wir besser hier«, schlug Lukas vor. Sie versteckten sie im Gebüsch und bogen in den Waldweg ein. Es war vollkommen still.

Gespannt liefen die Kinder weiter. »Wahnsinn! Schaut

mal!«, flüsterte Jonas und zeigte nach links. Zwischen hohen, alten Bäumen lagen verstreut große grün bemooste Felsen. Manche gingen ihnen nur bis zur Hüfte, andere überragten sie meterhoch. Amélie ließ ihre Hand über das Moos wandern. »Das ist ja weich wie Plüsch!«, staunte sie. Immer weiter drangen sie in den Hain ein. Mal waren die Felsenbrocken rund, mal eckig, wie von Menschenhand bearbeitet.

Lukas versuchte, sich zu orientieren. »Habt ihr eine Ahnung, wo wir uns jetzt befinden?« Sie standen um die Karte herum. »Wenn man das Ganze von oben sehen könnte, wäre es einfacher«, murmelte Jonas. Amélie nahm die Karte in die Hand. »Hier sind wir in den Druidenhain reingekommen«, zeigte sie den anderen. »Und dort drüben ist eindeutig das Labyrinth!« Sie deutete auf eine große Steinansammlung. »Dann müsste das der Taufstein sein.« Sie liefen zu dem langen Felsblock. »Stimmt.« Lukas nickte. »Und dann müsste einer von denen ›der Wächter‹ sein.«

Sie liefen zu den Felsen, die direkt auf den Taufstein ausgerichtet waren. »Hoffentlich ist uns der Anrufer nicht zuvorgekommen.« Amélie schaute sich die beiden Steine an. »Ein Gesicht kann ich aber beim besten Willen nicht erkennen, aber sehr viele Versteckmöglichkeiten!«

Wer entdeckt den Schlüssel?

»Dort oben! In der kleinen Felsspalte!« Lukas zeigte aufgeregt nach oben. »Ja! Da, hinter dem kleinen Farn!« Jonas und Amélie schauten angestrengt zu dem beschriebenen Punkt hoch. »Genial!«, lachte Amélie und schlug Lukas auf die Schulter. »Aber wie kommen wir da hoch?« Jonas stellte sich mit dem Rücken an den Felsen. »Räuberleiter«, sagte er und nickte Lukas zu. »Räuberleiter?« Amélie staunte. »Was ist das?« Doch als sie sah, wie Lukas mit einem Fuß auf Jonas' Hände stieg, lachte sie. »Ah … la courte échelle!«

Rasch holte Lukas den Schlüssel aus der Felsspalte und sprang auf den Boden. Es war ein alter rostiger Schlüssel. »Zu einem Sicherheitsschloss gehört der aber nicht gerade!«, meinte Jonas. Lukas schüttelte den Kopf. Gerade wollte er etwas sagen, als Amélie die beiden hinter einen großen Felsen zog. »Schnell, da kommt jemand!«, zischte sie.

»Na, mal sehen, wo der Professor den Schlüssel hingelegt hat!«, hörten sie eine Stimme sagen. »Hier müsste er ja irgendwo sein.« Zwei Männer bewegten sich unmittelbar in ihrer Nähe. Nach einiger Zeit hörten sie einen der Männer schimpfen. »Das gibt's doch nicht! Hast du denn schon was gefunden?« Von einer anderen Stelle kam ein verneinendes Brummen. »Vielleicht ist es der falsche Stein«, sagte der Erste. »Ich schaue mich dahinten mal um!« Die Kinder hörten, wie sich seine Schritte ihrem Versteck näherten, und hielten den Atem an. »Das

Ganze hier ist überhaupt 'ne Schnapsidee!«, rief der andere. »Wir schauen lieber später noch mal her. Vielleicht hast du Reuß falsch verstanden und er kommt erst heute Abend mit dem Schlüssel!« – »Dann wird es aber knapp!«, bemerkte sein Kumpel. Langsam entfernten sich die Stimmen wieder und Jonas schaute vorsichtig aus dem Versteck heraus. Vorne am Weg sah er die Männer stehen. Allerdings konnte man nur ihre Profile ausmachen.

Kannst du die beiden erkennen?

»Einer von beiden war Schnorres, da bin ich mir sicher«, sagte Jonas und grübelte. »Aber der andere … Warzenbacke war es bestimmt nicht. Die Frisur war anders.«

Lukas holte den Schlüssel wieder aus der Hosentasche.

»Wozu der wohl gehört? Am Telefon hat er zehn Uhr erwähnt. Jetzt wird es aber höchste Zeit, dass wir herausfinden, was es mit diesem ›Kuhloch‹ auf sich hat. Vielleicht hilft uns der Reiseführer noch mal weiter!«

Doch leider war das nicht der Fall, egal wie oft sie vor- und zurückblätterten. Es klopfte an der Tür und Tante Vroni schaute herein. »Das Essen ist gleich fertig. Kommt ihr runter?« Sie nickten und Amélie klappte den Reiseführer zu.

»Wo seid ihr denn heute gewesen?«, erkundigte sich Onkel Dieter beim Essen. »Wohlmannsgesees!«, sagte Lukas mit vollem Mund. »So weit?«, rief Tante Vroni. »Und seid ihr da auch hochgefahren?« Jonas grinste. »Ja, da entschädigt einen so ein Sauerbraten echt«, und er spießte sich noch einen Knödel auf die Gabel.

»Habt ihr Lust, nächste Woche mit mir zur Burg Rabenstein zu fahren?«, fragte Dieter. Die Kinder nickten begeistert. »Da gibt es doch auch Falken zu sehen, oder?«, fragte Jonas. »So ist es«, sagte Onkel Dieter. »Es gibt hier in der Gegend anscheinend eine Menge Ortsnamen mit einem Tier drin«, überlegte Amélie laut. »So wie Rabeneck.« Tante Vroni lachte. »Allerdings! Da gibt es die wildesten Mischungen: Stierberg, Hundshof, Bärenstein …« Sie schaute ihren Mann an. »Fällt dir noch was ein, Dieter?« Der Förster überlegte. »Mir fallen noch die Hasenlochhöhle und das Kuhloch ein.« Jonas ließ seine Gabel fallen. »Das Kuhloch?«, wiederholte er. »Ja! Schau nicht so entgeistert!«, lachte Onkel Dieter. »So heißt ein großer Felsen, nicht weit vom Ortsausgang von Tüchersfeld. Höchstens eine Viertelstunde zu Fuß.« Die Kinder sahen sich an. »Das ist aber interessant«, sagte Amélie. Lukas kicherte. »Vielleicht noch ein Thema für ein Referat?«, und grinste Amélie von der Seite an.

Nach dem Essen verschwanden die Kinder so schnell wie möglich in ihre Ferienwohnung. »Wir sollten mal alle Informationen auflisten!«, schlug Lukas vor. »Sonst sehen wir vor lauter Bäumen den Wald nicht mehr.« Er nahm ein Blatt Papier und begann: »Bis jetzt wissen wir, dass Reuß mit Schnorres und Warzenbacke geklaute Kunstgegenstände verhökert. Und zwar übers Internet.«

Jonas überlegte. »Schnorres und Warzenbacke haben offiziell eine Wach- und Schließgesellschaft. Und sind wahrscheinlich für die Einbrüche verantwortlich«, fügte er hinzu. »Siehe Gespräch im Steinbruch.« Amélie grübelte. »Und bald wechselt die Ware ihren Besitzer.« Sie grinste breit. »Doch leider hat der liebe Professor Reuß die Rechnung ohne uns gemacht!«

»Alles o.k. bei euch drüben?«, flüsterte Jonas aus seinem Versteck. Amélie nickte von der anderen Seite des Weges. »Alles klar. Aber wahnsinnig nass ist es hier!« Es hatte den ganzen Tag wie aus Eimern geschüttet und erst gegen Abend hatten sich die Regenwolken verzogen. »Meine Damen und Herren! Wir melden uns heute mit einer Reportage direkt aus dem Busch!«, plapperte Lukas hinter einem Himbeerstrauch neben Amélie. »Sie sind heute Zeuge einer …« Amélie machte ein Zeichen. »Still! Da kommt ein Auto!« Schnell duckten sich die Kinder und schauten durch die Blätter ihrer Verstecke.

Ein Kastenwagen fuhr langsam den Weg zum »Kuhloch« entlang und kam etwa zehn Meter vor den Kindern zum Stehen. Dann wurden die Scheinwerfer ausgeschaltet und die beiden Türen gingen auf. »Ich bin mal gespannt, was der alte Reuß zu erzählen hat«, murmelte einer der Männer. »Aber wenn er uns übers Ohr hauen will, muss er etwas früher aufstehen!« Sie lehnten sich ans Auto und zündeten sich eine Zigarette an.

»Es sind Schnorres und Warzenbacke!«, flüsterte Lukas Amélie ins Ohr. Sie nickte. Wieder hörten sie Motorgeräusche und der alte Kombi von Reuß näherte sich. Er parkte hinter dem Kastenwagen und stieg aus. »Na, hat alles geklappt?«, fragte er.

»Verarschen kann ich mich selber!«, schnauzte der Kleinere von beiden. »Ohne Schlüssel können wir ja nicht viel ausrichten, oder?« Reuß stutzte: »Wie, ohne Schlüssel? Den habe ich doch, wie verabredet, im Druidenhain hinterlegt! Oder habt ihr etwa Tomaten auf den Augen?« – »Sehr komisch, Professor!«, rief Schnorres. »Ich war gestern mit einem Kumpel dort und abends auch noch mal, aber dein Schlüssel leider nicht!« Reuß rieb sich das Kinn. »So'n Mist, dann habt ihr die Putten also gar nicht!«, überlegte er. »Der Kunde bräuchte sie dringend …« Er schaute die beiden Männer an. »Aber wo könnte der Schlüssel sein?« Warzenbacke zuckte die Schultern. »Wenn ich das wüsste … Es wird langsam heiß. Können wir die Ware nicht eher loswerden?« Reuß schüttelte nachdenklich den Kopf. »Unmöglich. Es ist alles für den 1. Juni auf der Neideck eingeplant. Also übermorgen. Habt ihr den Rest der Ware dabei?« Schnorres nickte. Er öffnete den Kofferraum und nahm einige kleinere Bilderrahmen heraus. Reuß leuchtete sie mit seiner Taschenlampe an. »Gute Arbeit!«, murmelte er. »Der Händler wird begeistert sein!« Vorsichtig legte er die Sachen auf die Ladefläche seines Kombis. Nach einer Viertelstunde befand sich das gesamte Diebesgut in Reuß' Auto und die Männer verabschiedeten sich voneinander. Sie starteten die Autos und fuhren langsam rückwärts aus dem Waldstück heraus. Sobald sie ganz verschwunden waren, kamen die Kinder aus ihren Verstecken. »Oh, ich habe fast kein Gefühl mehr in den Beinen!«, stöhnte Amélie. Auch Jonas und Lukas streckten sich. Jonas leuchtete mit der Taschenlampe auf den Boden. »Schaut mal her: 1a-Reifenspuren!« Er zückte seinen Notizblock. »Ich mache mal eine Skizze!«

Amélie schaute ihre Freunde an. »Wenn wir das Onkel Dieter erzählen, wird er uns doch wohl glauben müssen, oder?«, fragte sie. Lukas zog die Schultern hoch. »Erwachsene müssen gar nichts«, sagte er. »Und genau das ist oft ihr Problem!« Jonas stand auf. »Wir können ihn ja morgen früh gleich mal in die Garage lotsen«, schlug er vor. »Und dann schauen wir wie durch Zufall durch die Heckscheibe von Reuß' Kombi. Und wenn er uns dann immer noch nicht glaubt, rufen wir die Polizei eben selber!«

FREITAGVORMITTAG, 31. MAI

»Es tut mir Leid, Jonas, aber ich kann nicht einfach in die Garage marschieren. Ich habe sie doch vermietet!« Onkel Dieter seufzte. »Kannst du das denn nicht verstehen?« Er nahm sich noch ein Brötchen. »Ich würde dich auch nicht darum bitten, wenn es nicht ganz wichtig wäre!«, sagte Jonas in einem dringlichen Ton. »Wirklich!« Amélie schaute Onkel Dieter an. »Du brauchst doch sicher mal Werkzeug aus der Garage. Oder hast du alles herausgeräumt?«, fragte sie. Der Förster verdrehte die Augen. »O. K., ihr habt gewonnen! Ich hole mir eine Stichsäge! Aber dann verschwinden wir sofort wieder. Ist das klar?« Die Kinder nickten. »Du wirst es nicht bereuen!«, rief Lukas und stand auf. »Sollen wir gleich mal los?« Dieter schaute die drei verwundert an. »Ihr habt es aber wirklich eilig!« Jonas nickte. »Total!« Zusammen gingen sie die Kellertreppe hinunter. Onkel Dieter schloss die Verbindungstür zur Garage auf und knipste das Licht an. Der alte Kombi von Professor Reuß stand mitten in der Garage. »Und jetzt?«, fragte er. »Du wolltest die Stichsäge holen«, erinnerte ihn Lukas grinsend. Jonas und Amélie liefen zum Wagen. »Ah, schon alle so früh auf den Beinen?« Professor Reuß stand plötzlich in der Tür und lächelte freundlich wie immer. »Ich hoffe, ich mache Ihnen nicht zu viel Umstände. Soll ich das Auto lieber rausfahren?« Onkel Dieter sah unbehaglich drein. »Nein, keineswegs! Ich suche nur meine Stichsäge!« Reuß ging zu seinem Wagen und schaute die Kinder fragend an. »Und was ist mit euch?«, fragte er. Lukas zeigte auf den Kombi. »Ist ein toller Wagen!«, sagte er. »Kann man damit auch Fahrräder transportieren?« Reuß zog die Brauen hoch. »Keine Ahnung!«, sagte er und ging zur Heckklappe. »Ich bin kein Radler. Aber ihr könnt ja mal reinschauen.« Er zog die Autoschlüssel aus der Tasche und steckte sie ins Schloss. Die Kinder hielten den Atem an. Reuß riss die Heckklappe mit Schwung auf. »Zwei Räder werden schon reinpassen!« Sie starrten in den Kofferraum: Er war leer, bis auf ein paar alte Gummistiefel. »Ja, so zwei Stück gingen wohl rein«, plapperte Lukas und schaute seine Freunde ratlos an. »Vielen Dank für Ihre Mühe!« Reuß ließ die Heckklappe wieder zufallen. »Keine Ursache!« Er holte etwas aus der Fahrertür und ging wieder.

»Und? War das denn jetzt so wichtig?«, fragte Onkel Dieter. Amélie schaute sehr nachdenklich. »Bald werden wir dir alles erklären können«, sagte sie. »Ehrenwort!«

»Das war ja ein schöner Reinfall!« Jonas setzte sich auf die Gartenbank zwischen Amélie und Lukas. »Onkel Dieter ist stinksauer …« Amélie seufzte. »Tja, Reuß hat uns alle ganz schön reingelegt.« Einige Meter neben ihnen wurde plötzlich ein Fenster aufgerissen und sie hörten die Stimme von Profesor Reuß: »Was hast du gesagt? Nein, ich habe eine Wespe hier im Zimmer, die muss ich nur mal eben rauslassen. Ich habe alles ins Klingloch gebracht. In der Garage war es mir doch zu unsicher. Klar, da ist alles sicher! Mach dir mal keine Gedanken!« Dann wurde das Fenster wieder geschlossen. »Habt ihr das gehört?«, fragte Jonas. »Er hat die Ware woanders hingeschafft! Ins Klingloch …« Amélie nickte. »Kuhloch, Klingloch … jetzt fehlt nur noch das schwarze Loch und die Landung vieler kleiner grüner Männchen!« Lukas stand auf. »Vielleicht kann Herr Hübner uns über das Klingloch aufklären!« Jonas nickte. »Onkel Dieter lassen wir heute lieber in Ruhe!«

Im Museumshof war noch alles ruhig. »Am besten schauen wir gleich mal bei ihm im Büro nach«, schlug Jonas vor. Sie gingen eine Treppe hoch und fanden Herrn Hübner an seinem Schreibtisch. Vor ihm lagen mehrere alte Schlüssel. »Na, was kann ich denn heute für euch tun?«, begrüßte er die Kinder. »Seid ihr wieder einer Versteinerung auf der Spur?« Lukas schüttelte den Kopf. »Wir wollten wissen, ob Sie uns sagen könnnen, wo und was das Klingloch ist.« Herr Hübner lachte. »Na, wenn es sonst nichts ist!« Er stand auf. »Ich hole mal eine Karte, dann könnt ihr euch das besser vorstellen!«, und er verließ das Zimmer. »Schaut mal, diese Schlüssel!«, flüsterte Jonas. Er zeigte auf den Schreibtisch. »Lauter alte Schlüssel! Hast du den Schlüssel von

Reuß dabei?« Lukas nickte und zog ihn aus der Hosentasche. Schnell verglichen sie ihn mit den Schlüsseln auf dem Tisch.

War ihr Schlüssel auch dabei?

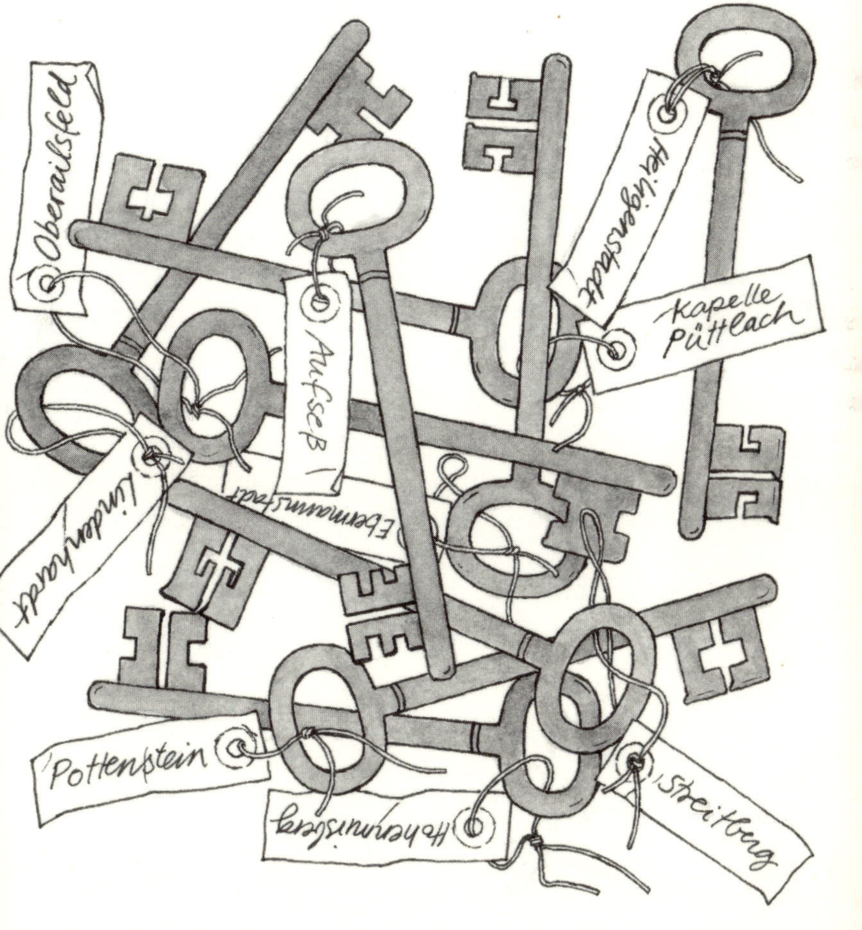

»Es müsste der Schlüssel von der Kirche in Hohenmirsberg sein«, sagte Amélie. »Eindeutig!« Die anderen beiden nickten. »Aber warum liegen diese Schlüssel hier?«, überlegte Jonas.

»In letzter Zeit sind einige Kirchenschlüssel entwendet worden. In einer Kirche wurde vor zwei Tagen eingebrochen. Und dabei wurden zwei wunderschöne Heiligenbilder gestohlen!«, sagte Herr Hübner, der inzwischen wieder hereingekommen war Die Kinder schauten sich alarmiert an. Hübner nickte. »Jaja, ganz übel.« Er deutete auf den Tisch. »Aber zum Glück haben wir vor einigen Jahren Duplikate anfertigen lassen und können so der Polizei Hinweise geben.« Er seufzte. »Hoffentlich kann die Kripo die Diebe bald fassen. Für solche Kunstgegenstände gibt es nämlich einen guten Markt!« Er entrollte die Karte. »Also, das hier ist ein Längsschnitt der Esperhöhle. Und dort …« Er zeigte auf einen Schacht. »… befindet sich das Klingloch. Da geht es 13 Meter in die Tiefe!« Er schaute von der Karte auf. »Ihr habt aber nicht vor, euch dort abzuseilen?«

Lukas schüttelte den Kopf. »Nein, wir wollten nur mal wissen, was es ist. Mehr nicht!«

»Und wo genau ist die Esperhöhle?«, fragte Lukas.

Herr Hübner zeigte auf eine Landkarte. »Gar nicht weit«, sagte er. »Ihr fahrt erst nach Gößweinstein und von dort nach Leutzdorf. In Leutzdorf folgt ihr einer

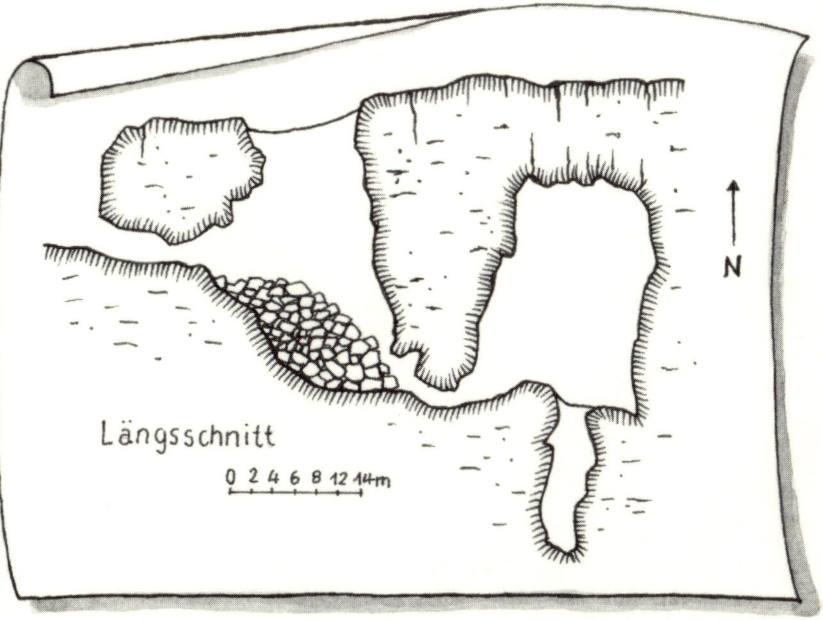

Wandermarkierung mit blauem Balkenweg. Dann kommt ihr genau hin.« Er rollte die Karte wieder zusammen.

»Ist das dieselbe blaue Markierung wie beim Druidenhain?«, fragte Jonas. Hübner überlegte. »Das müsste die gleiche sein!«, nickte er. »Ihr kennt euch ja gut aus!« Lukas stöhnte übertrieben. »Oh ja, wir kennen uns sehr gut aus. Ich sage nur Gößweinstein! 16 %!«

Aber Jonas knuffte ihn in die Seite. »Denk an deinen Spruch von vorgestern!«, lachte er, und sie radelten los.

FREITAGMITTAG, 31. MAI

»Immerhin haben wir jetzt einen Einbruch verhindern können. Aber wisst ihr, worüber ich dauernd noch nachdenke?«, fragte Amélie, während sie ihre Räder einen schlammigen Waldweg hochschoben. »Keine Ahnung!«, keuchte Lukas. »Ich denke jedenfalls nur noch an kühle, flache Ebenen, wo weit und breit kein Berg in Sicht ist!« Er wischte sich den Schweiß von der Stirn, aber Amélie beachtete ihn nicht. »Der Satz, den Reuß zu den anderen gesagt hat, geht mir nicht aus dem Kopf. Er sagte: ›Es ist alles für den 1. Juni auf der Neideck geplant‹ oder so. Erinnert ihr euch?«

Jonas nickte. »So was Ähnliches hat er gesagt. Wieso?« Amélie grübelte. »Sowohl das Datum als auch diesen Namen habe ich schon mal gehört oder gelesen … Wenn ich nur wüsste, wo!« – »Schaut mal!«, rief Lukas und zeigte nach links. »Da ist die Esperhöhle!«

Etwa 100 Meter vom Wanderweg entfernt kam eine große Höhle in Sicht. Die Kinder stellten ihre Fahrräder ab und liefen hinauf. »Mann, ist das schlammig!«, schimpfte Amélie. »Zum Glück!«, rief Jonas vergnügt und zog sein Notizbuch aus der Tasche. »Schaut mal, hier sind eine Menge verschiedene Reifenspuren. Gut möglich, dass wir ein Profil schon kennen.«

Ob die von Reuß' Kombi auch dabei sind?

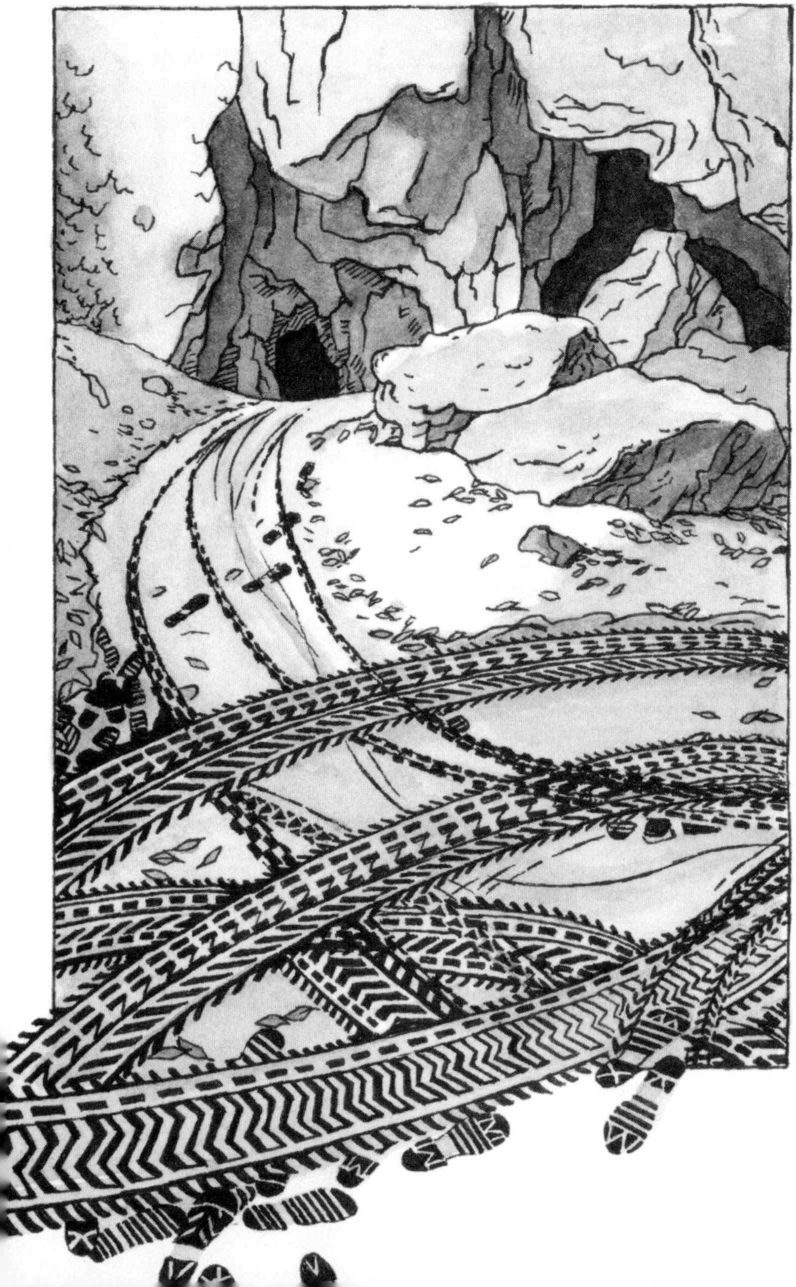

»Und ob!«, rief Lukas vergnügt. »Jetzt wissen wir wenigstens, dass wir auf der richtigen Spur sind!« Zusammen gingen sie in die Höhle hinein. »Klasse! Schaut mal, wie weit es dort hinaufgeht!« Jonas lief nach links. »Da vorne müsste das Klingloch sein.« Dort war in der Tat ein schmaler Einstieg, gerade breit genug, um einen Erwachsenen durchzulassen. »Wenn wir da jetzt absteigen und die Beute mitnehmen könnten …«, sagte er. »Das Gesicht von deinem Onkel möchte ich dann sehen!«, grinste Lukas. Sie kletterten noch eine Weile auf den einzelnen Felsen herum und Amélie hob ein paar leere Dosen auf. »Dass die Leute aber auch überall ihren Mist wegwerfen müssen!«, schimpfte sie. »Da drüben auch. Altpapier.« Sie zog eine bunte Rolle zwischen zwei Felsen heraus. »Ist das ein Plakat?« Amélie legte die Dosen hin und entrollte das Papier. »Ich werde verrückt!«, flüsterte sie. »Jetzt weiß ich wieder, wo ich das Datum schon mal gehört habe!« Sie hielt das Plakat vom Ritterfest auf der Burg Neideck hoch. »Was das hier zu suchen hat?«, fragte Jonas. Er fuhr mit der Hand über das Papier. »Komisch, es fühlt sich an, als hätte jemand mit einer Nadel Löcher reingestochen …« Er nahm das Plakat und hielt es gegen das Licht.

»Ja! Schaut mal her! Unter manchen Buchstaben wurde ein kleines Loch gestochen!«

Vielleicht ergeben sie zusammengesetzt ja einen Sinn?!

RITTERFEST auf der BURGRUINE NEIDECK

Ritter, Söldner, Knechte, Bogenschützen, Knappen, Fürsten, Edelfrauen, Handwerker, Händler, Musikanten, Narren, Gaukler, Feuerspucker, usw. in hochmittelalterlichen Gewändern und Rüstungen. Riesige Veranstaltungsfläche!
Am Veranstaltungsgelände stehen viele Parkplätze zur Verfügung.
Fantastische Sicht auf das Wiesenttal!

am Sa., den 1., und So., den 2. Juni

Jonas hatte Recht. Was zuerst wie ein großer Wirrwarr aussah, ergab bei richtiger Trennung in der Tat einen Sinn.

»Schon wieder ein Schlüssel. Um 12 Uhr mittags«, grübelte Amélie. »Die machen wohl eine große Schnitzeljagd.« – »Wir wollten doch sowieso auf das Ritterfest«, meinte Lukas. »Wir können Reuß ja mal im Auge behalten.«

Amélie rollte das Plakat wieder zusammen und legte es an die Stelle zurück, an der sie es gefunden hatten. »Ich würde lieber wissen, für wen diese Nachricht gedacht ist«, überlegte sie. »Bisher war Reuß uns ja immer einen Schritt voraus. Und wenn wir nicht genau wissen, wer die Sachen bekommen soll, haben die alles abgewickelt, bevor wir überhaupt bis drei gezählt haben ...«

Gerade als sie sich auf einen Felsen setzen wollten, hörten sie einen Motor knattern. Das Geräusch kam näher.

»Das klingt wie ein Mofa!«, wunderte sich Amélie. »Dürfen die denn überhaupt im Wald fahren?« Lukas zeigte auf einen großen Felsen. »Wir verstecken uns!«, flüsterte er. Jonas und Amélie folgten ihm. Das Mofa wurde unten am Wanderweg abgestellt und kurz darauf tauchte ein Mann im Höhleneingang auf. Er schaute sich kurz um, nahm das Plakat und verschwand wieder. Dann hörten sie, wie das Mofa davonfuhr.

Die Kinder kamen aus ihrem Versteck. »Ha! Jetzt wissen wir, wie der Händler aussieht!«, frohlockte Jonas. Amélie war skeptisch. »Hast du ihn denn so genau sehen können?«, fragte sie. Jonas nickte. »Genau genug. Diese Glatze in Verbindung mit der Hakennase … Den Typ erkenne ich leicht wieder!«

Zu Hause ergänzten sie ihr Informationsblatt. Jonas zeichnete einen weiteren Pfeil aufs Papier. »Jetzt haben wir also eine Verbindung zu …« Er überlegte. »Eierkopf?« Lukas schüttelte den Kopf. »Du vergisst die Nase!«, grinste er. »Dann vielleicht Eierhaken? Oder Glatzennase?« – »Glatzennase ist schön!«, lachte Amélie. »Also weiter.« Sie schaute zu Lukas hinüber, der in einen kleinen Zettel vertieft war. »Was hast du denn da?«, fragte sie. Lukas legte den Zettel auf den Tisch.

»Den hatte ich noch in der Hosentasche. Erinnert ihr euch? Den hat Reuß vor ein paar Tagen verloren. Ich überlege gerade, was dieses Wort bedeuten könnte: ›7denkmal*‹ – das ergibt ja gar keinen Sinn! Oder was meinst du, Amélie?« Jonas legte den Zettel wieder hin. Amélie war völlig in Gedanken versunken. »Eine Zahl, ein Wort und ein Sonderzeichen …«, murmelte sie. »Wie bitte?«, fragte Lukas. Amélie schaute ihn an. »Es kommt erst eine Zahl, dann ein Wort, und dieser Stern ist ein Sonderzeichen, so heißt das in der Computersprache.«

»Ja, und was bedeutet das alles?«, fragte Jonas.

»Das heißt, dass es sich wahrscheinlich um ein Passwort handelt«, erklärte Amélie. »Viele Systeme verlangen nämlich ein Passwort, so wie dieses hier.« Sie drehte den Zettel hin und her. »Jetzt müssen wir nur noch herausfinden, wofür er dieses Passwort verwendet!« Lukas' Gesicht strahlte plötzlich. »Hat Reuß uns nicht bei der ersten Begegnung erzählt, dass er jetzt für alles ein einziges Passwort hat?«, rief er aufgeregt.

»Vielleicht gilt das auch für seinen Laptop, den er unten stehen hat!« Amélie lachte. »Genau! Du hast Recht! Vielleicht ist es auch das Passwort für seine E-Mail!« – »Ihr meint, dass wir damit seine Mailbox öffnen können?«, staunte Jonas. »Haargenau!«, rief Amélie. »Und dann hätten wir handfeste Beweise, dass er hinter all diesen Einbrüchen steckt!« Sie überlegte. »Jetzt müssen wir nur noch unauffällig an seinen Laptop herankommen …« Jonas lachte. »Nichts einfacher als das! Morgen Vormittag ist Reuß bestimmt schon unterwegs und Tante Vroni putzt die Ferienwohnung. Das macht sie Samstags immer. Wir brauchen nur noch einen guten Grund, Tante Vroni für einige Zeit aus der Wohnung zu locken!«

SAMSTAGMORGEN, 1. JUNI

Am nächsten Morgen war Amélie schon sehr früh wach. Vor der Tür startete ein Auto. Schnell sprang sie aus dem Bett und schaute aus dem Fenster. »Der Professor hat es ja ganz schön eilig!«, grinste sie. Sie ging in das Zimmer nebenan und schüttelte Jonas und Lukas.

»Aufwachen! Es geht los! Der Professor ist schon weggefahren!« Die beiden Jungs waren sofort munter.

Amélie setzte sich auf die Bettkante. »Ich habe einen Vorschlag: Ich könnte Tante Vroni helfen, wenn sie in der Wohnung von Reuß sauber macht, und hätte dann Gelegenheit, an den Laptop zu kommen. Wir müssen uns nur noch etwas ausdenken, um sie von dort wegzulocken. Habt ihr da eine Idee?« Sie überlegten. »Ich könnte sie ja holen, weil Lukas sich den Fuß verstaucht hat«, schlug Jonas vor. Lukas stöhnte. »Gute Idee! Ich spüre den Schmerz jetzt schon!«, und er humpelte ins Bad. »Genauso machen wir es!«, rief Amélie. »Wir treffen uns dann unten!«

In der Küche des Forsthauses ging es drunter und drüber. »Ich weiß auch nicht, wo du deine Autoschlüssel hingelegt hast!«, stöhnte Tante Vroni. »Ich muss aber gleich los!«, rief Onkel Dieter. »Und ohne Schlüssel kann ich ja schlecht fahren.« Tante Vroni rollte die Augen.

»Habt ihr eine Idee, wo die Autoschlüssel liegen?«

»Vielleicht nimmst du die neben der Spüle«, grinste Jonas. Er nahm den Schlüsselbund von der Anrichte und reichte ihn seinem Onkel.

»Oh, vielen Dank!« Onkel Dieter steckte den Schlüsselbund in die Hosentasche. »Das geht ja schon gut los heute!« Nach dem Frühstück verabschiedete er sich. »Ich bin so gegen elf wieder da«, sagte er zu den Kindern. »Dann können wir gemeinsam zum Ritterfest fahren.« Tante Vroni holte einen Eimer aus dem Schrank. »Ich werde jetzt die Wohnung von Professor Reuß in Angriff nehmen«, verkündete sie. »Er reist ja heute Abend ab.« Die Kinder schauten sich alarmiert an. »Hat er denn schon alles eingepackt?«, fragte Jonas besorgt. »Nein, noch nicht alles«, sagte Tante Vroni, »aber er hat alles so hingestellt, dass ich schon mal durchwischen kann.« – »Warte, ich helfe dir!«, rief Amélie und schnappte sich Besen und Kehrschaufel. »Wirklich?«, strahlte Tante Vroni. »Toll! Dann sind wir ja bald fertig!« In der Ferienwohnung war das meiste schon zusammengepackt. Der Laptop stand aber noch auf dem Tisch, wie Amélie erleichtert feststellte. »Vielleicht kannst du hier schon mal durchfegen, dann mache ich solange das Bad«, schlug Tante Vroni vor. Amélie nickte. Sie fegte ein bisschen herum und sah dann, dass Reuß die Maus vom Computer schon ausgesteckt hatte. Sie sah sich um.

Wo hat er bloß die Maus hingelegt?

Ah, da lag sie ja! Rechts auf dem Fensterbrett. Erleichtert fegte sie weiter. »Tante Vroni!« Jonas rannte zur Tür herein. »Tante Vroni! Kannst du mal kommen? Lukas hat sich den Fuß umgeknickt!« Seine Tante kam aus dem Bad. »Ist es schlimm?«, fragte sie besorgt. »Ich weiß es nicht«, sagte Jonas. Er zwinkerte Amélie zu und verschwand mit seiner Tante im Garten. Blitzschnell stöpselte Amélie die Maus ein und startete den Computer. Es war genauso, wie sie gedacht hatte: Es wurde ein Passwort verlangt. Amélie gab »7denkmal*« ein und hielt den Atem an. Der Computer akzeptierte das Wort. Erleichtert suchte Amélie das E-Mail-Programm.

Auch das wurde nun ohne Problem geladen. Sie stellte die Verbindung zum Internet her und rief die neuesten E-Mails ab. Es waren neun Stück und alle hatten die gleiche Überschrift: Betreff Bestellungen. Amélie jubelte. »Endlich haben wir dich, du alter Gauner!« Jetzt musste sie die Sachen nur noch ausdrucken und dann … Sie sah sich um. Kein Drucker! Amélie raufte sich die Haare. Nun war sie so kurz vor dem Ziel, und jetzt das! Sie starrte auf den Bildschirm. Vielleicht konnte sie die Bestellungen kurz notieren? Aber sie hatte keinen Stift und so würde ihnen ja wieder niemand glauben … Plötzlich hatte sie *die* Idee. Sie konnte die Mails trotzdem in Sicherheit bringen!

Wer weiß, was man in so einem Fall tun kann?

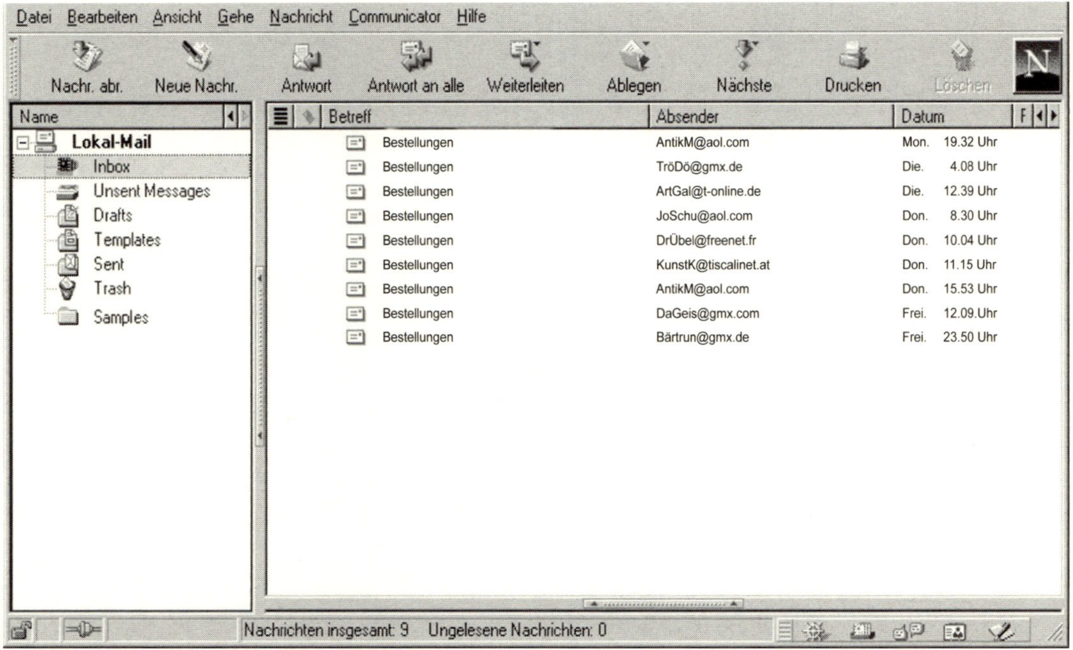
Datei Bearbeiten Ansicht Gehe Nachricht Communicator Hilfe
Nachr. abr.
Neue Nachr.
Antwort
Antwort an alle
Weiterleiten
Ablegen
Nächste
Drucken
Löschen
Name
Lokal-Mail
Inbox
Unsent Messages
Drafts
Templates
Sent
Trash
Samples
Betreff
Absender
Datum
Bestellungen AntikM@aol.com Mon. 19.32 Uhr
Bestellungen TröDö@gmx.de Die. 4.08 Uhr
Bestellungen ArtGal@t-online.de Die. 12.39 Uhr
Bestellungen JoSchu@aol.com Don. 8.30 Uhr
Bestellungen DrÜbel@freenet.fr Don. 10.04 Uhr
Bestellungen KunstK@tiscalinet.at Don. 11.15 Uhr
Bestellungen AntikM@aol.com Don. 15.53 Uhr
Bestellungen DaGeis@gmx.com Frei. 12.09.Uhr
Bestellungen Bärtrun@gmx.de Frei. 23.50 Uhr
Nachrichten insgesamt: 9
Ungelesene Nachrichten: 0

Schnell markierte Amélie die Briefe, die sie brauchte, und drückte auf den Knopf »weiterleiten«. Es erschien ein neues Feld, und sie wurde aufgefordert, eine neue Adresse einzugeben. Sie schaute unter »Adressbuch« nach und betete, dass Reuß die E-Mail-Adresse von Onkel Dieter gespeichert hatte. Immerhin hatte er ihm ja schon mal eine Mail wegen der Garage geschickt. Und tatsächlich: Dieter Fuchs' Adresse war da! Sie gab die Adresse ein und drückte auf »absenden«.

Geschafft! Sie hatte gerade alles wieder in den alten Zustand versetzt, als Tante Vroni zur Tür reinkam. »Ich glaube, das wird heute nichts mit dem Putzen«, begann sie. »Dieter ist schon zurück und meint, dass wir früher zum Ritterfest fahren sollten, sonst bekommen wir keinen Parkplatz!« Sie legte einen Arm um Amélies Schulter. »Aber vielen Dank für dein Angebot, mir zu helfen.« Sie schloss die Wohnung ab und sie gingen in die Küche.

»Was macht denn dein Fuß?«, fragte Amélie, als sie Lukas sitzen sah. »Ach, doch nicht so schlimm!«, grinste er. »Und bei dir?« Amélie streckte den Daumen nach oben. »Alles bestens! Kommt mal mit! Wir müssen zu Onkel Dieter ins Büro!« Lukas und Jonas schauten sich verwundert an. »Was sollen wir denn da?« Amélie ging voraus. »Abwarten!«, sagte sie. Onkel Dieter saß hinter seinem Schreibtisch und ordnete Papiere.

»Na, können wir losfahren zum Ritterfest?«, fragte er. »Noch nicht ganz«, sagte Amélie. »Hast du heute schon in deine Mailbox geschaut?« Onkel Dieter schüttelte den Kopf. »Nein. Ich erwarte auch nichts«, sagte er. »Wetten, dass du Post hast?« Amélie zeigte auf seinen Computer. »Ich würde den mal anmachen und nachschauen … Dann können wir immer noch entscheiden, ob wir mit dir fahren, oder ob wir zuerst noch die Polizei fragen, ob sie uns begleitet!« Onkel Dieter schaute sie verwundert an, aber dann startete er seinen Computer. »Es sind 9 Nachrichten auf dem Server«, teilte ihm das Programm mit. »Steckt ihr dahinter?«, fragte er Amélie. Sie nickte. »Schau nach, was für Nachrichten das sind!«, sagte sie. Onkel Dieter öffnete die erste Mail. »Das ist ja für Professor Reuß!«, rief er und schaute Amélie wieder an. »Lies lieber mal, was da alles steht!«, forderte Amélie ihn auf. Gemeinsam lasen sie alle neun Briefe. »Jetzt verstehe ich gar nichts mehr!«, rief Dieter. »Wieso hat der Professor denn den Digitus? Und wieso bietet er ihn zum Kauf an? Und dann die Nachfragen nach diesen Heiligenbildern?« Jonas klopfte seinem Onkel beruhigend auf die Schulter. »Lieber Onkel Dieter, der Reuß ist gar kein Professor, sondern ein Kunstdieb. Und wir müssen uns beeilen, denn gegen Mittag wechseln all diese Sachen den Besitzer. Und zwar beim Ritterfest auf der Burgruine Neideck!«

SAMSTAGMITTAG, 1. JUNI

Nachdem Onkel Dieter die Polizei alarmiert hatte und die Kinder den Polizisten alles erklären konnten, machten sie sich gleich zum Ritterfest auf. Onkel Dieter hatte nicht übertrieben: Auf dem Parkplatz unterhalb der Burgruine Neideck war der Bär los. Als sie ausgestiegen waren, rief Kommissar Grellner alle zusammen.

»Jetzt gehen wir die Sache noch mal kurz durch«, begann er. »Um die Mittagszeit wird am Getränkestand eine Schlüsselübergabe stattfinden. Richtig?« Die Kinder nickten. »So, wie wir das verstanden haben, bekommt Glatzennase dort einen Schlüssel von Reuß«, sagte Jonas. Der Kommissar stutzte. »Glatzennase? Wer ist das denn nun wieder?«, fragte er. »Ein Mann mit einer Glatze und einer Hakennase«, erklärte Amélie den Polizisten. »Wahrscheinlich ist er der Kunsthändler, der die Sachen von Reuß kauft.« Einer der vier Polizisten in Zivil schrieb mit. »Wir gehen davon aus, dass Reuß die Sachen heute früh aus dem Versteck in der Esperhöhle geholt und sie nun in seinem Kombi hat«, ergänzte Jonas. Grellner schaute über den Parkplatz. »Wahrscheinlich. Er wird wohl kaum so dumm sein und sie an einem Stand feilbieten! Aber da wäre es gut zu wissen, welches Auto ihm gehört.«

Wer kann den Kombi irgendwo entdecken?

BA-XL 75
BA-DA

Sie schauten angestrengt an den vielen Autoreihen entlang. »Ich sehe ihn!«, rief Onkel Dieter. »Vor dem Laster mit der offenen Ladefläche!« Der Kommissar nickte zwei Polizisten zu. »Ihr bleibt in der Nähe des Kombis. Und lasst ihn ja nicht aus den Augen!« Er schaute die anderen an. »Und wir werden jetzt zusammen aufs Ritterfest gehen und eine kleine Festnahme feiern!«

Oben bei der Burgruine standen Stände und Zelte. Viele Leute liefen in mittelalterlichen Kostümen herum. Schmiede hielten Eisenstangen ins Feuer und bearbeiteten sie auf dem Amboss, Frauen saßen an großen Spinnrädern und spannen Wolle und über dem offenen Feuer drehte sich eine Sau am Spieß. »Ich glaube, ich kriege schon wieder Hunger …«, seufzte Lukas. Grellner grinste. »Wenn wir die Diebe gefasst haben, spendiere ich dir so viel, wie du essen kannst!«, versprach er. »Aber jetzt ist erst dein Spürsinn gefragt.« Amélie lachte. »Wenn er solch ein Versprechen in der Schule bekäme, hätte er wahrscheinlich sogar eine Eins in Mathe!« Sie stellten sich etwas abseits und ließen ihre Augen über die Menge gleiten. »Da drüben ist ein Getränkestand«, zeigte Jonas. »Der Einzige, soweit ich sehen kann.« Sie schauten alle in die Richtung. »Ich hab sie!«, zischte Lukas. »Reuß und Glatzennase! Sie sind verkleidet, aber nicht gut genug!«

Habt ihr sie auch entdeckt?

Er zeigte in Richtung des Getränkestands. »Dort! Glatzennase bedient dort und hat eine Perücke auf. Und Reuß trägt ein Kettenhemd und steht gerade bei dem Schmied!« Kommissar Grellner nickte. »Du hast Recht! Gut gemacht, Lukas!« Er überlegte kurz und beriet sich mit den zwei anderen Polizisten. »Du gehst unauffällig zum Getränkestand und beobachtest, was dort vor sich geht!« Der Polizist nickte. »Und du«, er wandte sich an den anderen Beamten. »Du bleibst dem Reuß auf den Fersen!« Er überlegte. »Wenn Reuß seinen Schlüssel abgegeben hat, wie auch immer, geht ihr drei zu ihm und verwickelt ihn in ein Gespräch. Könnt ihr das machen?« Die Kinder nickten aufgeregt. »Der Gesprächsstoff wird uns schon nicht so schnell ausgehen!«, lachte Jonas. »Du kannst ja schon mal Fragen zu deinem Referat stellen, Amélie.« Die lächelte ihr schönstes Lächeln. »Gute Idee!«, sagte sie und schaute auf die Uhr. »Es müsste eigentlich gleich losgehen!« Herr Grellner nickte. »Geht ruhig schon mal zum Getränkestand!« Sie sahen, dass auch Reuß sich aufmachte, und blieben einige Meter hinter ihm. Er hatte einen Schlüsselbund in der Hand. »Entschuldigen Sie vielmals«, sagte er zu Glatzennase. »Ich habe gerade einen Schlüsselbund gefunden. Gehört der vielleicht Ihnen?« Glatzennase nickte. »Ja, den muss ich wohl vorhin verloren haben!« Er steckte die Schlüssel ein und lief sofort Richtung Parkplatz.

»Guten Tag, Herr Reuß!«, sagte Amélie fröhlich. »Na,

wie gefällt es Ihnen auf dem Ritterfest?« Reuß schaute die Kinder verdutzt an. »Oh, prima! Sehr schön hier!«, murmelte er, fing sich jedoch rasch wieder. »Seid ihr schon bei den Gauklern gewesen? Das lohnt sich wirklich!« Er zeigte zu einer Gruppe am Eingang des Geländes.

Onkel Dieter näherte sich Reuß unauffällig von hinten. »Na, was macht der Digitus, Professor Reuß?«, fragte er.

»Ach, den habe ich gerade verkauft!«, lachte Reuß, doch im selben Augenblick entglitten ihm die Gesichtszüge.

»So ein Quatsch! Ich meine, der scheint immer noch verschwunden zu sein!«, lächelte er verkrampft. »Guten Morgen, Herr Fuchs!« Nun näherte sich auch Kommissar Grellner. »Das Spiel ist aus, mein Lieber! Sie sind verhaftet!«, rief er. Reuß schaute hektisch um sich. »Ich glaube, da liegt ein Missverständnis vor …«, stammelte er. Plötzlich rannte er los. Fuchs, Grellner und die Kinder versuchten, ihm zu folgen, aber das war in der Menschenmenge gar nicht so einfach. »Ich glaube, wir haben ihn aus den Augen verloren!«, rief Onkel Dieter. »Habt ihr gesehen, in welche Richtung er gerannt ist?«

In diesem Moment hörten sie einen lauten Schrei. Alarmiert schauten sie sich an.

»Das kam von dem Felsvorsprung da vorn!«, rief Jonas.

Zusammen rannten sie hin.

»Oje, ob er richtig tief gestürzt ist?«, fragte Amélie erschrocken.

Jonas legte sich auf den Bauch. Er kroch vorsichtig zum Felsenrand vor und schaute hinunter.

»Und?«, rief Lukas gespannt. »Was ist?«

Jonas winkte die anderen herbei. »Der läuft uns nicht mehr so schnell davon!« Nun schauten alle über den Felsenrand und sahen Reuß einige Meter unterhalb mitten in einer großen Brombeerhecke liegen.

»Holt mich lieber hier raus, statt so blöd zu lachen!«, rief er aggressiv.

»Das hat Zeit!«, meinte Kommissar Grellner. »Jetzt schauen wir erst mal, was aus Ihrem Komplizen geworden ist!«

Sie ließen einen Polizisten bei Reuß und gingen zum Parkplatz.

Dort warteten die anderen drei Polizisten bereits.

Glatzennase saß in Handschellen neben dem Kombi von Reuß und schaute nicht sehr fröhlich drein.

»Ja, das ist er!«, rief Amélie. »Hat er schon alles gestanden?« – »Er hat jedenfalls sehr viel wirres Zeug geredet«, sagte einer der Beamten. »Mal gehört ihm das Auto, mal nicht. Mal hat er die Schlüssel nur so gefunden, mal wollte er nur was aus dem Kofferraum holen.«

Er zeigte auf den offenen Kofferraum des Kombis. »Hübsche Dinge gibt es da.« Grellner pfiff bewundernd, als er den Inhalt sah. »Das sind genau die Sachen, hinter denen wir die ganze Zeit her sind!« Er schaute die Kinder an: »Das habt ihr wirklich toll gemacht! Ich weiß nicht, ob wir den Fall so gelöst hätten ohne euch!« – »Es fehlen aber noch Schnorres und Warzenbacke!«, meinte Amélie. Grellner nickte und zog ein Handy aus der Tasche. »Ich frage mal nach bei den Kollegen, ob die auch so erfolgreich waren wie wir.« Schon nach kurzer Zeit beendete er das Gespräch: »Alles bestens! Die beiden Herren wurden in ihrer Firma festgenommen. Sie waren gerade dabei, einen neuen Einbruch zu planen! Und ratet mal, wo?« Die Kinder überlegten. »Ich tippe auf das Fränkische-Schweiz-Museum!«, rief Amélie. »Da konnte sich Reuß doch in letzter Zeit alles genau anschauen!«

Grellner steckte den Daumen nach oben.

»Genau das hatten sie vor!« Dann schaute er Lukas an. »Was macht denn dein Hunger?«, fragte er. Lukas rieb sich den Bauch. »Er wird von Minute zu Minute schlimmer!«, grinste er. »Höchste Zeit, die Fressbuden auf dem Fest mal zu testen!«

»Und was machen wir jetzt mit Reuß?«, fragte Amélie. »Wir können ihn ja schlecht in der Hecke stecken lassen, oder?« Sie kicherte wie eine kleine Hexe. »Obwohl, warum nicht?« Grellner schüttelte den Kopf. »Nein, den schneiden wir später aus seiner Falle heraus. Ich freue mich schon, mich mit ihm zu unterhalten!«

Plötzlich grinste Jonas, zog sein Notizbuch aus der Hosentasche und blätterte darin. »Herr Grellner, könnte ich mal kurz Ihr Handy ausleihen?«, fragte er.

Grellner nickte und reichte ihm das Telefon. Jonas wählte eine Nummer. Es dauerte eine Weile. »Färber«, meldete sich eine Stimme. »Ja, guten Tag, Professor!«, sagte Jonas mit tiefer Stimme. »Hier ist das Amt für Denkmalpflege! Ich wollte nur noch mal nachfragen, welches der Heiligenbilder Sie für Ihre Zelle vorgesehen haben!« Aus dem Handy klangen wüste Beschimpfungen. Jonas und die anderen Zuhörer bogen sich vor Lachen. »Du kannst den armen, gequälten Professor doch nicht so auf den Arm nehmen!« Grellner wischte sich die Lachtränen aus den Augen. »Aber halt, hat er sich nicht gerade mit ›Färber‹ gemeldet?«

»Na bitte! Wo wir doch schon seine Handynummer rausgefunden hatten!«, rief Amélie. »Wenigstens war das nicht ganz umsonst!«

Anschließend befreiten Grellner und Onkel Dieter mit Hilfe der Kollegen Reuß aus seiner Falle. Als dieser die Kinder sah, fing er erneut an zu schimpfen. »Seien Sie lieber still, Reuß-Färber!«, meinte Grellner. »Sonst werden Sie am Ende auch noch wegen Beleidigung angezeigt!« Gerade als er Färber die Handschellen anlegen wollte, sah Lukas, dass dieser unauffällig einige Papierschnipsel fallen ließ. Er hob sie auf und zeigte sie Kommissar Grellner. »Schauen Sie mal!«

Ob das wohl was Wichtiges ist?

Vorsichtig fügten sie die Teile zusammen. »Das ist eine Liste!«, rief Amélie aufgeregt.

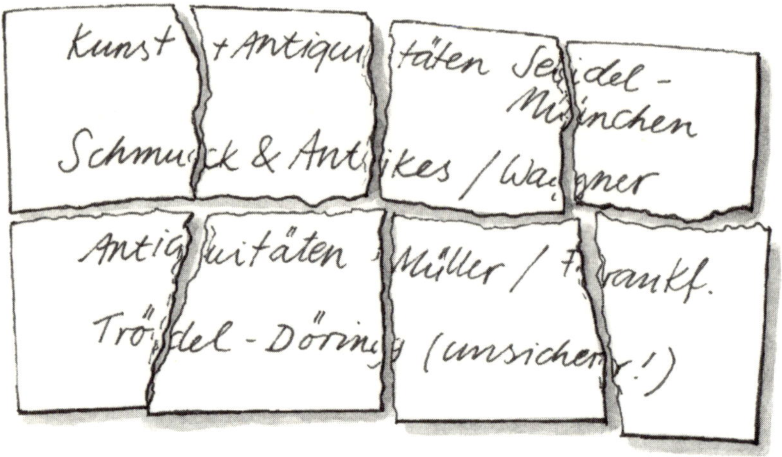

Grellner nickte vielsagend. »Und was für eine! Einige Namen kenne ich. Alles Kunsthändler, die wir schon länger beobachten, denen wir aber bisher nie etwas nachweisen konnten!« Vorsichtig steckte er die Papierschnipsel in eine Tüte. »Jetzt können wir endlich mal klar Schiff machen! Oder was meinen Sie, mein lieber Professor?« Färber schaute demonstrativ in eine andere Richtung und schwieg. Grellner zuckte die Schultern. »Bringt ihn schon mal aufs Präsidium!«, sagte er zu den Beamten. »Ich muss hier zuerst noch ein Versprechen einlösen!«, und ging mit den Kindern zu den Imbissbuden.

»Ich weiß gar nicht, wie ich mich bei euch bedanken kann!« Herr Hübner schaute in die Runde: »Wenn ihr Reuß alias Färber nicht durchschaut hättet ...«

Lukas nickte und schnappte sich noch ein Stück Apfelkuchen. »Da hätte den Direktor wohl der Schlag getroffen, wenn er aus dem Urlaub gekommen wäre und ein halb leeres Museum vorgefunden hätte!«

Kommissar Grellner stellte seine Kaffeetasse hin. »Der richtige Professor Reuß war völlig aus dem Häuschen, als er hörte, was in seinem Namen alles angezettelt worden war.«

»Na ja, das erwartet man ja auch nicht!«, sagte Onkel Dieter.

Kommissar Grellner kramte in seiner Aktenmappe. »Ich habe hier noch was, vielleicht interessiert euch das!«

»Oh! Ein Detektivklub im Internet!«, rief Amélie begeistert. »Das ist ja cool!« Aufgeregt beugten sich die Kinder über den Artikel.

»Vielleicht könnt ihr noch weitere Fälle für mich lösen!«, lachte der Kommissar. »Euer Einstieg war jedenfalls schon überragend!«

Lukas rollte den Artikel zusammen. »Meine Damen und Herren, ich bin sehr erfreut, Ihnen einige außerordentlich intelligente, junge Detektive vorstellen zu können, die sich freundlicherweise bei mir im Studio eingefunden haben«, plapperte er ins »Mikro«. »Darf ich vorstellen? Die Steinbruchbande!«

Jonas und Amélie schauten ihn mit großen Augen an. »Das ist ja genial!«, riefen sie und strahlten Lukas an. »Die Steinbruchbande!«

Amélie kritzelte etwas auf einen Zettel. »Und ich weiß auch schon, wie unsere Internetadresse lautet: www.steinbruchban.de! Was haltet ihr davon?«

Keine Frage, alle waren begeistert von der Idee. Und immer wieder lasen sie den Artikel über den Internetklub.

Herr Hübner schaute ihnen über die Schulter. »Klingt wirklich toll!«, sagte er. »Wisst ihr was? Als Dank für eure Hilfe stelle ich euch nächste Woche den Computer im Museum nachmittags zur Verfügung. Dann könnt ihr nach Herzenslust im Internet surfen und euch unter www.detektiv-klub.de einloggen, so oft ihr wollt!«

Die Kinder waren begeistert.

»Da nehmt ihr mich aber auch mal mit!«, rief Onkel Dieter. »Damit ich mich beim nächsten Mal klüger anstelle!«

»Ach was!«, lachte Amélie. »Nächste Woche bekommst du von mir Nachhilfeunterricht am Computer! Danach haben Betrüger keine Chance mehr bei dir!«

Kommissar Grellner stand auf. »Leute, ich muss los.« Er schüttelte allen die Hand. »Euch noch schöne Ferien!

Und wenn ihr wieder jemandem auf der Spur seid, ruft mich an! Wir sind ja jetzt ein eingespieltes Team.«

Die Kinder lachten. »Alles klar, Chef! Wir bleiben in Verbindung!«

Die Auflösungen der (->) Rätsel

S. 16: Wenn man von New York über Rackersberg nach Moskau fährt, sind es laut Wegweiser **11 694,9 km.**

S. 29: Amélies Uhr liegt links oberhalb des Hammers auf einem Stein.

S. 44: Es gibt **fünf** Unterschiede:

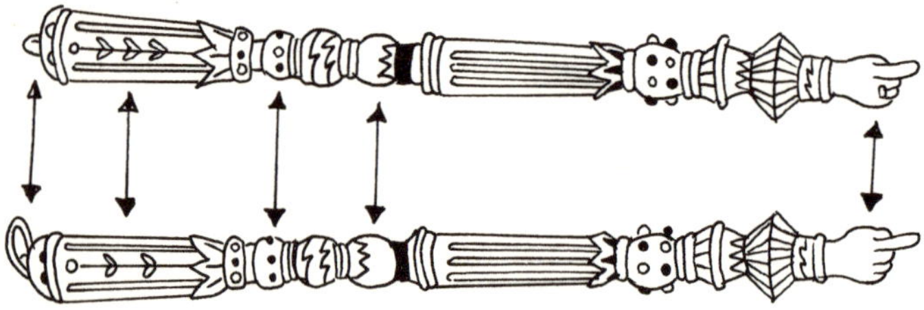

S. 46: Die Ammoniten sind **völlig identisch.** Sie unterscheiden sich lediglich in der Größe. Sie wurden gegossen.

Fossilien sammeln: Siegmund Groß steht euch von Mai bis Oktober jeden Tag (bei gutem Wetter!) von 10–17 Uhr am Aussichtsturm von Hohenmirsberg mit Rat und Tat zur Seite. Info unter: 09243/70841 (Fremdenverkehrsbüro Pottenstein).

Das **Fränkische-Schweiz-Museum** in Tüchersfeld ist von Apr.–Okt., Di–So 10–17 Uhr, von Nov.–März So 13.30–17 Uhr geöffnet. Tel.: 09242/1640.

Wir danken Herrn Rainer Hofmann, dem Museumsleiter, für Unterstützung und Ideen zum Buch.

DER GEHEIMNISVOLLE KOFFER

von
Hermien Stellmacher
und Joachim Schultz

mit Illustrationen von Johanna Ruebel

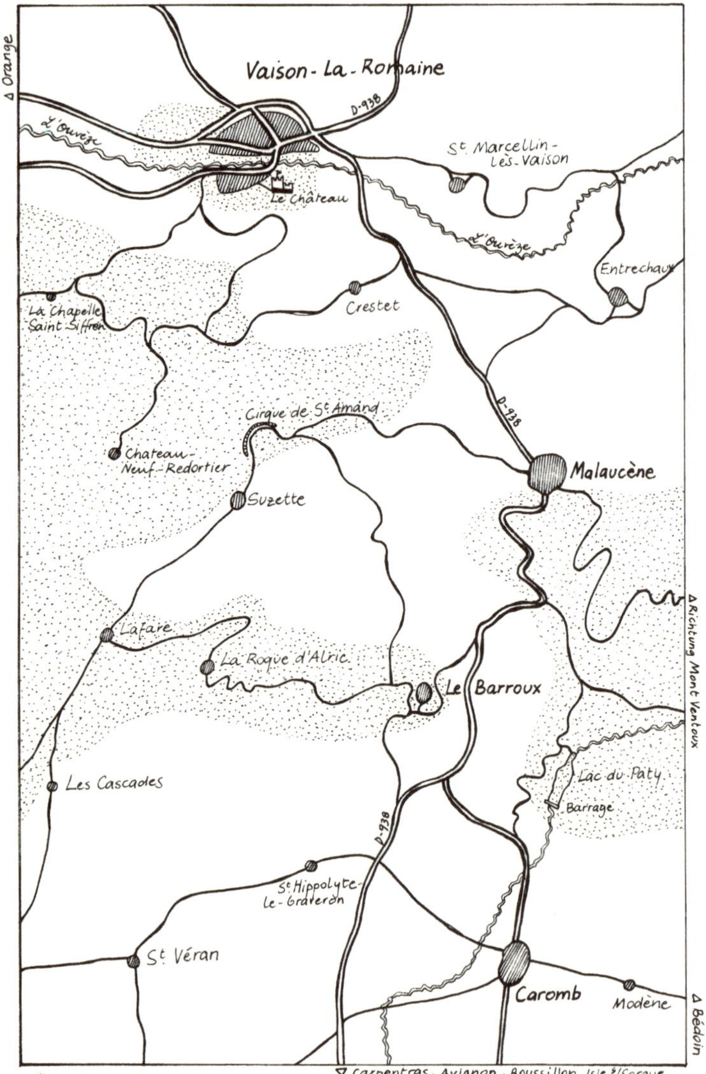

Anhöhen   O Ebenen   ▽ Carpentras, Avignon, Roussillon, Isle s/Sorgue

MONTAG, 12. AUGUST

»Boah, ich zerfließe gleich!« Lukas wischte sich mit einem Papiertaschentuch den Schweiß von der Stirn. Er saß mit Amélie und Jonas auf der Rückbank im Auto von Amélies Eltern.

»Daran wirst du dich in den nächsten Wochen gewöhnen müssen!«, meinte Frau Roux. »Die Provence ist im Sommer trocken und heiß.«

Sie waren auf dem Weg nach Vaison-la-Romaine zu den Großeltern von Amélie. Eigentlich wollte die Familie Roux gemeinsam Urlaub machen, doch dann wurden Amélies Eltern zu einer wichtigen Tagung für Musikwissenschaftler eingeladen. Als Trostpflaster durfte Amélie aber ihre Freunde Lukas und Jonas mitnehmen. Und da die Tagung in Südfrankreich stattfand, setzten Amélies Eltern die drei auf dem Hinweg bei den Großeltern ab.

»Sag mal, ist dir denn nicht warm?« Amélie schubste Jonas in die Seite.

»Was? Nö …« Jonas schüttelte seine Locken. »In der Geschichte hier schneit es gerade und es ist außerdem superspannend!« Er zeigte Lukas und Amélie den Titel.

»Die drei Musketiere von Alexandre Dumas«, las Lukas. »Scheint so eine Art historische Klimaanlage zu sein!«, lachte er. »Vielleicht wird es sogar etwas kühler im Auto, wenn du uns vorliest!«

Plötzlich bremste das Auto scharf ab. »Oh nein!«, rief Herr Roux entnervt. »Nicht schon wieder!« Vor ihnen stauten sich die Autos, so weit das Auge reichte. Er kurbelte das Fenster herunter. »Und wenn ich das schon sehe!«, rief er und zeigte auf ein großes Schild, das an der Autobahn stand. »Autoroute du Soleil! Das müsste man mal ändern in Autoroute du Bouchon!« Ungeduldig trommelte er auf das Lenkrad.

»Autoroute du Soleil heißt doch Sonnenautobahn, oder?«, fragte Jonas.

Amélie nickte.

»Aber Bouchon …« Lukas legte seine Stirn in Falten, »… das Wort habe ich noch nie gehört.«

Gerade als Amélie etwas sagen wollte, reichte Frau Roux ein kleines Wörterbuch nach hinten. »Das könnt ihr im Urlaub sicher gebrauchen. Bestimmt gibt es noch viele Wörter, die ihr nachschlagen müsst«, sagte sie. »Fangt gleich mal damit an!«

»Und ich habe gedacht, wir haben jetzt Ferien!«, stöhnte Lukas und wischte sich erneut mit dem Taschentuch über die Stirn. »Aber nein! Die Mühle geht weiter!«

Amélie grinste. »Jetzt mach nicht so ein Theater!«, sagte sie und knuffte ihn in die Seite. »Los, schau mal nach: B-O-U-C-H-O-N.«

Bald hatten sie die richtige Seite gefunden.

Findest du auch die richtige Übersetzung heraus?

bosquet [bɔs'kɛ] *m* Wäldchen *n*, Baumgruppe *f*
boss|e [bɔs] *f* Buckel *m*; Beule; **~u** [~'sy] buck(e)lig; *m* Bucklige(r)
botte [bɔt] *f* Bündel *n*; Stiefel *m*; Hieb *m*
bouc [buk] *m* Ziegenbock
bouch|e [buʃ] *f* Mund *m*; Maul *n*; **~ée** [~'ʃe] *f* Mundvoll *m*, Bissen *m*; **~er** [~] zu-, ver-stopfen
boucher [~] *m* Schlächter
boucherie [buʃ'ri] *f* Fleischerei
bouch|e-trou [buʃ'tru] *m* Lückenbüßer; **~on** [~'ʃɔ̃] *m* Stöpsel, Korken
boucle ['buklə] *f* Öse, Schnalle; Locke; **~ d'oreille** Ohrring *m*
bouder [bu'de] schmollen (**q.** mit j-m)
boudin [bu'dɛ̃] *m* Blutwurst *f*
boue [bu] *f* Schlamm *m*; Straßenschmutz *m*
bouée [bu'e] *f* Boje; **~ de sauvetage** Rettungsring *m*
bouff|ant [bu'fɑ̃] bauschig; **~ée** [~'fe] *f* (Wind-)Stoß *m*; *Med* Aufstoßen *n*; **~er** sich bauschen; *P* fressen; **~on** [~'fɔ̃] *m* Spaßmacher; Hofnarr
bouger [bu'ʒe] sich bewegen
bougie [bu'ʒi] *f* Kerze; **~ (d'allumage)** Zündkerze
bouillabaisse [buja'bɛs] *f* Fischsuppe
bouill|ant [bu'jɑ̃] kochend; **~ir** [bu'ji:r] sieden, kochen; **~oire** [~'jwa:r] *f* Teekessel *m*
bouill|on [bu'jɔ̃] *m* Fleischbrühe *f*; **~otte** [~'jɔt] *f* Wärmflasche
boulang|er [bulɑ̃'ʒe] *m* Bäcker; **~erie** [~'ʒri] *f* Bäkkerei
boule [bul] *f* Kugel; **~ de neige** Schneeball *m*
bouleau [bu'lo] *m* Birke *f*
boulette [bu'lɛt] *f* Bulette
bouleverser [bulvɛr'se] umstürzen
bouquet [bu'kɛ] *m* (**de fleurs**) (Blumen-)Strauß
bouquetin [buk'tɛ̃] *m* Steinbock
bouquiniste [buki'nist] *m* Antiquar(iatsbuchhändler)
bourbe [burb] *f* Morast *m*
bourdon [bur'dɔ̃] *m* Hummel *f*; **~ner** [~dɔ'ne] summen
bourg [bu:r] *m* Marktflekken; **~ade** [bur'gad] *f* kleiner Marktflecken
bourgeois [bur'ʒwa] bürgerlich; *m* Bürger
bourgeon [bur'ʒɔ̃] *m* Knospe *f*; **~ner** [~ʒɔ'ne] Knospen treiben
bourgmestre [burg'mɛstrə] *m* Bürgermeister
bourgogne [bur'gɔɲ] *m* Burgunder(wein)
bourrasque [bu'rask] *f* (jäher) Windstoß
bourreau [bu'ro] *m* Henker
bourrer [bu're] vollstopfen
bourru [bu'ry] mürrisch

»Ich hab's!«, rief Jonas als Erster. »Es heißt Stöpsel oder Korken!«

Lukas runzelte erneut die Stirn. »Na, toll! Und was hat das mit der Autobahn zu tun?«

Kurze Zeit war es still, dann grinste Jonas breit. »Ist doch logisch! Eine zugestöpselte Autobahn ...« – »... ist eine Stautobahn!«, rief Lukas, und alle lachten.

»Das ist eine wunderbare Übersetzung!«, rief Herr Roux. »Und seht mal: Der Stau hat sich schon entstöpselt!«

Lukas studierte immer noch die Seite im Wörterbuch.

»Du willst wohl doch Vokabeln lernen in den Ferien?«, neckte Amélie ihn.

Lukas schüttelte den Kopf. »Nur die wichtigsten Sachen!«, sagte er und zeigte Amélie, was er gerade gefunden hatte. »Boulangerie zum Beispiel heißt Bäckerei. Das ist ein sehr wichtiges Wort!«

Amélie lachte. »Dann vergiss nicht das Verb ›bourrer‹.« Sie zeigte auf das vorletzte Wort auf der Seite. »Das heißt ›voll stopfen‹ und passt zu deinem Appetit!«

Lukas winkte ab. »Isch 'abe keine Ahnung, wovon die Rede iest, chérie«, imitierte er Amélies französischen Akzent und las weiter. »Oh, schau mal, Jonas, dein Vater ist auch auf der Seite vermerkt: Bouquiniste = Antiquariatsbuchhändler.«

Jonas nickte. »Er hat mir schon viel von den Antiquariaten hier vorgeschwärmt!«

»Er sollte Großvater mal besuchen«, sagte Amélie. »Der kennt sich auch gut mit alten Büchern aus!«

»Hast du nicht gesagt, dein Großvater war Polizeiinspektor?«, fragte Jonas verwundert.

»Das eine schließt ja das andere nicht aus!«, kommentierte Herr Roux. »Mein Vater konnte noch nie an einem Bücherstand vorbeigehen, ohne etwas zu kaufen. Und bei der Kripo galt er als Bücherspezialist!«

»Hat er auch deutsche Bücher?«, fragte Jonas hoffnungsvoll. »Ich habe mein Buch bald ausgelesen!«

Amélies Vater überlegte. »Ich glaube, er hat schon einige. Aber du kannst ihn ja gleich selber fragen. Da vorne ist unsere Ausfahrt und in einer halben Stunde sind wir da!«

Sie fuhren von der Autobahn Richtung Osten und die Umgebung wurde immer hügeliger.

»Das sind ja ganz schön hohe Berge hier!«, staunten Lukas und Jonas.

Amélie zeigte nach vorn. »Schaut mal da, der Mont Ventoux: Der ist 1908 Meter hoch!« Vor ihnen in der Ferne lag ein lang gestreckter Bergrücken.

»Sag bloß, da oben liegt Schnee!«, rief Lukas erstaunt.

Amélie schüttelte den Kopf. »Das sieht nur so aus, in Wirklichkeit ist das Kalksteingeröll.«

Dann fuhren sie auf Vaison-La-Romaine zu.

»Boah, das sieht ja genial aus!« – »Kann man zu der Burgruine hochgehen?«

Jonas und Lukas redeten vor lauter Begeisterung durcheinander und die Familie Roux lachte.

»Immer mit der Ruhe!«, rief Herr Roux und hielt kurz auf dem Parkplatz der Altstadt. »Ja, man darf zur Burgruine hoch! Stimmt, es sieht total genial aus! Und ihr habt jetzt drei Wochen Zeit, euch das alles in Ruhe anzuschauen.«

Langsam fuhren sie durch das Tor der Altstadt.

»Kommen Sie da überhaupt durch mit dem Wagen?«, fragte Jonas besorgt, während Herr Roux das Auto vorsichtig durch die schmalen Gassen lenkte.

»Wenn uns jetzt keiner entgegenkommt, ist es kein Problem«, antwortete er.

»Und wenn einer kommt?«, fragte Lukas, der auf der anderen Seite zum Fenster hinausschaute.

Herr Roux hielt an. »Keine Bange, wir sind schon da!« Er kramte im Handschuhfach. »Hier habe ich noch etwas für euch Detektive«, sagte er und gab Jonas und Lukas ein altes Foto. »So sahen diese Häuser vor zehn Jahren aus. Und heute? Schaut doch selber! Es gibt allerdings zwei Unterschiede.«

Wer erkennt die Unterschiede?

Angestrengt verglichen Jonas und Lukas das Foto mit der Fassade.

»Macht euch nichts draus«, sagte Amélie. »Es ist eines seiner Lieblingsspiele, da muss jeder durch!«

»Der erste Unterschied ...«, murmelte Jonas, »... ist beim rechten Fensterladen zu sehen. Das Fenster ist aufgebrochen!«

Amélies Vater nickte. »Richtig! Und der zweite Unterschied?«

Jonas schüttelte den Kopf. »Keine Ahnung ...«

Lukas nahm ihm das Bild aus der Hand und schaute sich das Haus noch mal genau an. Dann grinste er. »Unten am Fenster ist jetzt eine Katzenklappe, stimmt's?«

Herr Roux klopfte ihm auf die Schulter. »Superdetektiv!« In diesem Augenblick öffnete sich die Tür und ein stämmiger Mann kam aus dem Haus. »Ah! Da seid ihr ja endlich!«, rief er mit dem gleichen französischen Akzent wie Amélie. »Herzlich willkommen in Vaison!« Und zu seinem Sohn: »Machst du die armen Leute schon wieder verrückt mit diesem Foto?«

Er umarmte alle und küsste sie zur Begrüßung linksrechtslinks. Kaum war er fertig, kam Amélies Großmutter durch den Flur geeilt und die Begrüßungszeremonie begann von neuem.

Amélie lachte laut, als sie Lukas' bedripstes Gesicht sah. »So ist das nun mal in Frankreich«, erklärte sie ihm. »Mit Händeschütteln hält man sich hier nicht auf!«

»Machen das alle so?«, fragte Lukas beklommen.

Amélie nickte. »Fast alle. Aber du wirst es überleben!«

Schon bald hatten sie das Gepäck ins Haus geschafft und die Mountainbikes vom Autodach gehievt.

»Das müsste alles sein«, schnaufte Lukas.

Aber Herr Roux schüttelte den Kopf. »Kommt noch mal mit!«, rief er und zeigte auf eine schwarze Tasche im Kofferraum.

Jonas, Amélie und Lukas schauten sich erstaunt an.

»Ich habe noch eine kleine Urlaubsüberraschung für euch Detektive!«, erklärte Herr Roux. »Ich lass euch leihweise meinen neuen Laptop hier. Und das gehört dazu!« Er drückte den Kindern eine verpackte CD-ROM in die Hand.

»Komm, mach schon auf!«, rief Jonas aufgeregt, und Amélie riss das Papier von der Hülle.

»Genial!«, rief Lukas. »Die neue CD vom Underground-Klub!«

Die Kinder strahlten.

»Hat der Laptop auch ein Modem?«, fragte Lukas aufgeregt.

Herr Roux nickte. »Alles dabei. Nur Kartoffeln schälen kann er nicht!«

»Das macht nichts!«, grinste Lukas. »Ich esse sowieso lieber Nudeln!«

Montagabend, 12. August

Nachdem Amélies Eltern abgefahren waren, machten die Kinder sich sofort über den Laptop her. »Wirklich vom Feinsten!«, rief Jonas begeistert, als er sah, welche Programme auf der Festplatte gespeichert waren. Amélie nahm die CD aus der Hülle und legte sie ins Laufwerk. »He, mein Vater hat sie sogar schon installiert!«

Die CD wurde geladen, und sie wurden aufgefordert, ihren Detekteinamen einzugeben. »Detekteiname?« Jonas zögerte kurz. »Haben wir doch schon seit unserem letzten Fall!«, rief Amélie und gab »Steinbruchbande« ein. Dann wurde ein Passwort verlangt. »Vaison«, schlug Jonas vor. Die beiden anderen nickten und Amélie tippte weiter. Nach einigen anderen Seiten kamen sie in »ihr Detektivbüro«. Jonas fuhr mit dem Curser über die einzelnen Bereiche auf dem Detektivschreibtisch. Es gab ein Notizbuch, die Möglichkeit, Tatorte zu skizzieren und Tatverläufe zu rekonstruieren.

»Schaut mal, da kann man Phantombilder erstellen!«, rief Lukas aufgeregt. »Und man kann auch E-Mails schicken!« Amélie blickte sich suchend im Zimmer um. »Früher stand hier im Zimmer mal ein Telefon«, sagte sie. »Wenn wir die Telefonsteckdose finden, haben wir sogar Zugang zum Internet!«

Aber wo ist die Telefonsteckdose? Findest du sie?

CALENDRIER
DE LA
POSTE

»Meistens sind diese Steckdosen in Kniehöhe …«, murmelte Jonas und schaute sich die Wand genau an.

»Ich habe sie!«, rief Amélie. »Schau, links neben dem Bücherschrank, unter dem kleinen Tisch!« Sie schaute sich die Steckdose genauer an. »Ich befürchte allerdings, dass wir einen Adapter brauchen. Unser Stecker sieht anders aus.«

»Kommt ihr zum Essen?«, rief Amélies Großmutter nach oben. »Es ist auf der Terrasse gedeckt!«

Lukas rannte als Erster die Treppe runter und schaute in die Küche. »Kann ich etwas mit rausnehmen?«, fragte er. »Es riecht ja köstlich!«

Amélies Großmutter schüttelte den Kopf und lachte. »Merci, aber die Vorspeise steht schon auf dem Tisch!«

Es gab Honigmelone mit Schinken.

»Die Melonen schmecken viel besser als bei uns!«, meinte Lukas und nahm sich noch ein Stück.

Großvater nickte. »Die berühmtesten Melonen gibt es in Cavaillon«, erzählte er. »Der große Schriftsteller Alexandre Dumas war sogar so verrückt nach ihnen, dass er dem Stadtrat von Cavaillon eine Gesamtausgabe seiner Bücher schickte im Tausch für eine jährliche Leibrente von zwölf Melonen!«

Jonas schaute auf. »Meinen Sie etwa den Dumas, der auch die *Drei Musketiere* geschrieben hat?«

»Genau der!«, bestätigte der Großvater. »Kennst du das Buch denn?«

»Das lese ich gerade«, erzählte Jonas. »Leider bin ich fast durch!«

Der Großvater winkte ab. »Da finden wir schon noch etwas für dich«, beruhigte er Jonas.

»Wie kommt es eigentlich, dass Sie beide so toll Deutsch können?«, fragte Lukas. »Haben Sie das in der Schule gelernt?«

Großmutter schüttelte den Kopf. »Wir haben lange in Strasbourg im Elsass gewohnt«, erklärte sie. »Das ist an der Grenze zu Deutschland und man spricht dort beides: Französisch und Deutsch.«

»Ganz schön praktisch!«, fand Lukas.

»Wann fahren wir zu den Steinbrüchen zum Fossiliensammeln?«, fragte Amélie.

»Wie wäre es morgen Nachmittag?«, fragte Großvater.

»Sehr gut!«, sagte seine Frau. »Dann könnt ihr morgen früh für mich auf den Markt gehen. Ich muss unbedingt zu Tante Jeannette fahren. Die ist krank.«

»Klar gehen wir für dich zum Markt!«, freute sich Amélie. »Bei der Gelegenheit können wir auch einen Adapter für den Laptop besorgen. Gibt es einen Computerladen in der Unterstadt?«

Großvater nickte. »Bestimmt. Obwohl ich von diesem ganzen Kram keine Ahnung habe.«

»Es reicht ja, dass du von Büchern eine Ahnung hast!«, sagte seine Frau. »Und jetzt geht es weiter mit dem Hauptgang. Oder reichen euch diese Melonen etwa?«

Lukas stellte die kleinen Teller zusammen. »Die Melonen waren wunderbar, aber ich bin mir sicher, dass in meinem Bauch noch Platz ist für den Hauptgang! Oder wie sieht es bei euch aus?«

Nach dem Frühstück machten sich die drei, bewaffnet mit einem Rucksack, auf den Weg zum Markt.

»Schon praktisch, dass wir ganz oben wohnen«, meinte Lukas, während sie durch die schmalen Gassen der Altstadt hinunterliefen. »Ich glaube, sonst würde ich das Haus deiner Großeltern nie wieder finden!«

Amélie nickte. »Das fand ich früher, als ich noch klein war, schon toll: Ich musste nur einfach die vielen Treppen hinauflaufen und in der obersten Straße nach dem Brunnen suchen, und schon war ich da!«

Die Gassen wurden, je weiter sie runterkamen, immer breiter und liefen in eine Straße zusammen, die aus der Altstadt hinausführte.

»Da drüben ist die ›Neue Stadt‹!«, zeigte Amélie.

Schnell überquerten sie die viel befahrene Verkehrsstraße und liefen zur alten Römerbrücke.

»Ist die Brücke nicht etwas übertrieben für diesen kleinen Winzfluss?«, fragte Lukas und schaute hinunter.

»Von wegen!« Amélie schüttelte den Kopf. »September 1992 stand das Wasser der Ouvèze bis ganz oben und die gesamte Neustadt stand meterhoch unter Wasser!«

»Echt?« Jonas und Lukas machten große Augen. »Das kann man sich jetzt überhaupt nicht vorstellen!«

»Ich zeige euch später ein paar Bilder«, versprach Amélie.

»Aber in der Altstadt hat bestimmt niemand nasse Füße bekommen, stimmts?« Jonas zeigte hinauf. »Die thront ja da oben wie eine Festung!«

Sie gingen weiter. Der Wochenmarkt war schon in vollem Gange. »Das sind ja hunderte von Marktbuden!«, staunte Lukas und atmete tief ein. »Und wenn meine Nase mich nicht trügt, müssten wir bald an einer Bäckerei vorbeikommen!«

»Du wirst im Urlaub bestimmt nicht verhungern«, lachte Amélie und boxte Lukas leicht auf seinen rundlichen Bauch. »Es heißt ja nicht umsonst: *Leben wie Gott in Frankreich!*« Sie kramte in ihrer Hosentasche nach dem Einkaufszettel. »Wir müssen bei zwei bestimmten

Marktständen vorbei und dann bei Jeannine noch etwas abholen«, las sie vor. »Am besten, wir kämpfen uns langsam durchs Gewühl!«

Jonas grinste. »Ich wüsste auch beim besten Willen nicht, wie wir hier schnell durchkommen könnten!« Er schaute sich um. »He, wo ist Lukas?«

Amélie zeigte in die Menge. »Ich vermute mal stark, dass unser lieber Freund jetzt die erste Bäckerei testet!« Sie hatte Recht: Gerade als sie das Geschäft erreicht hatten, kam Lukas mit einem Puderzucker verschmierten Mund heraus. »Ich bilde mich gerade weiter!«, murmelte er mit vollem Mund. »Diese Köstlichkeit heißt *Sacristain*!« Er hielt ein längliches Stück Gebäck hoch. »Keine

Ahnung, was das heißt, aber es schmeckt genial! Wollt ihr mal probieren?« Amélie und Jonas ließen sich nicht lange bitten und bissen kräftig ab.

»Ein Sacristain ist ein Kirchendiener oder Küster«, übersetzte Amélie. »Aber ich weiß nicht, was das eine mit dem anderen zu tun hat.«

»Hat wahrscheinlich wieder zu tun mit: *wie Gott in Frankreich*, oder so!«, grinste Jonas.

Sie schoben sich weiter durch die Gasse zwischen den Marktständen hindurch.

»Schaut mal! Da drüben gibt es sogar einen Bücherstand!«, staunte Lukas. »Warst du nicht auf der Suche nach einem neuen Buch?« Er schaute Jonas fragend an.

»Schon«, sagte Jonas. »Aber ich kann doch noch keine französischen Bücher lesen!«

»Wir schauen mal, was die so im Angebot haben«, schlug Amélie vor. »Es ist durchaus möglich, dass sie auch anderssprachige Bücher haben. Schließlich sind ja immer viele Touristen hier unterwegs.«

Sie verteilten sich am Stand. Amélie hatte Recht: Es gab eine ziemlich große Auswahl an deutsch- und englischsprachigen Büchern.

»He, Jonas!«, rief Lukas begeistert, »ich habe auch schon das Standardwerk für unseren Ausflug in den Steinbruch gefunden. Und sogar auf Deutsch!«

Welches Buch hat Lukas am Stand entdeckt?

TOUS NOS LIVRES: 5€ URO
DIE ILLUSTRIERTE BLECHTROMMEL
DONT BE HAPPY
BRITISH HUMOR
GUIDE RANCE DU POULET
HELLO
OUI NON NON OUI
PFERDE
PHOTO
TOURS
ALPEN
VENISE
KLETTER TOUREN
NEUE GESCHICHTE 11.
LA VIE DES BET
CREATIVITY
SAINT EXUPERY
DANS LE SUD
IMMO BILIE
VAUCLUSE
TABAC
LONDON
TOME 1.
T. 2.
T. 3.
STEINE
SAARLAND
RUHR-GEBIET
CROISSANT BAGUETTE
LE VIN
CARNET DE VOYAGE
VERSTEI-NERUNGEN IN ITALIEN 7.
OLIVE
ON THE ROAD JACK KEROUAC
PLATON
ART
TINTIN
PAUL AUSTER NEW YORK
L'IDIOT
DICO DES NOMS PROPRES
CARTE IGN
VERSTEINERUNGEN IN FRANKREICH 7.
J.P. SARTRE
DIE PROVENCE
LE PETIT ROBERT
LE GRAND ROBERT
ZWEIG
LA MEDECINE
BRITANNICUS
LIVRES
BAS
ZOLA
MILLER
HUGO
VICTOR HUGO
STEINBECK
ZOLA
PLANTES
CARTES POSTALES 1€
1KG
Patisseri

»Das ist ja super!« Vorsichtig nahm Jonas das Buch in die Hand. »*Versteinerungen in Frankreich. Band 7: Roussillon und Umgebung.* Schaut mal, da ist alles drin, was wir wissen müssen …« Er blätterte weiter. »Sogar mit genauen Karten!«

Amélie nahm das Buch. »Ich frage mal, was der Typ dafür haben will«, sagte sie und ging zu dem Verkäufer. Nach einigen Minuten kam sie strahlend zurück. »Ich habe ihn runterhandeln können, weil eine Ecke vom Umschlag fehlt!«, rief sie, »und habe es für nur drei Euro bekommen!«

Noch einmal schauten sie sich das Buch an, dann steckte Amélie es in ihren Rucksack.

Sie brauchten nicht lange für die Einkaufswünsche von Amélies Großmutter.

»Jetzt gehen wir schnell noch bei Jeannine vorbei, und dann erkundigen wir uns im Fremdenverkehrsbüro, was sonst noch so los ist zurzeit«, schlug Amélie vor.

Lukas und Jonas waren einverstanden. Sie verließen den Markt und bogen in eine kleine Seitenstraße ein.

»Amélie, chérie! Ça va?!« Aus einem der Häuser kam eine rundliche Frau gerannt und schloss Amélie stürmisch in die Arme. »Mon petit chou!« Sie hielt Amélie auf Armeslänge und begrüßte sie mit drei herzhaften Küssen. Dann umarmte sie sie erneut.

»Ça va bien, Jeannine!«, antwortete Amélie etwas erstickt und stellte dann Jonas und Lukas als ihre Freunde vor.

»Ah! Deine Freunde!«, rief Jeannine begeistert auf Französisch. Und bevor die beiden Jungs wussten, wie ihnen geschah, wurden sie von Jeannine linksrechtslinks geküsst.

»Ich hasse diese Küsserei!«, murmelte Lukas und wischte sich den Schweiß von der Stirn.

Jonas grinste. »Meins ist es auch nicht gerade, aber du weißt ja: andere Länder, andere Sitten!«

Amélie unterhielt sich unterdessen mit Großmutters Freundin. Als sie Anstalten machte, sich zu verabschieden, zischte Lukas: »Achtung, es geht wieder los!« Er packte Jonas am Ärmel und zog ihn Richtung Markt. Als sie sich umschauten, sahen sie, wie Amélie erneut in Jeannines Arme geschlossen und geküsst wurde.

»Au revoir, Jeannine!«, riefen die beiden Jungens aus sicherer Entfernung. »Wiedersehen!«

Amélie kam ihnen hinterhergerannt. »Was ist los mit euch?«, fragte sie. »Warum habt ihr es so eilig?«

»Ich habe mein Kusspensum für heute schon gehabt!«, erklärte Lukas. »Und was heißt bitte *Pötie-Schuh*?«

»›Mein kleiner Kohlkopf‹«, sagte Amélie und lachte, als sie die verdutzten Gesichter von Jonas und Lukas sah.

»Das ist ein Kosewort«, erklärte sie. »So wie man im Deutschen zum Beispiel ›mein Mäuschen‹ sagt. Aber das würde ein Franzose wohl eher nicht sagen!«

»Jaja …« Lukas grinste. »Wie war das noch mal? Andere Orte, andere Worte …«

Das Fremdenverkehrsbüro von Vaison-La-Romaine befand sich an einem großen Platz in der Innenstadt, gegenüber den letzten Ausläufern des Wochenmarkts.

»Kommt, lasst uns erst mal schauen, was hier los ist!« Amélie zeigte auf die breite Fensterfront des Gebäudes, die völlig mit Veranstaltungshinweisen zugeklebt war. »Oh, ich habe was gefunden!« Sie deutete auf ein Foto. »Im alten Amphitheater gibt es abends wieder Aufführungen. Das wäre doch was!«

Jonas zeigte auf ein anderes Plakat. »Kannst du mal übersetzen?«, fragte er Amélie. »Da ist doch was mit Mountainbikes!«

Lukas unterbrach sie: »Hier nebenan scheint es Ärger zu geben.« Er deutete hinüber zu einer Gruppe von drei Männern, die sich lautstark stritten. Unauffällig schoben sich die Kinder näher heran.

»Ihr gesagt, isch bekomme Bargeld!«, rief ein Franzose in gebrochenem Deutsch.

»Du bekommst jetzt einen Scheck, und damit basta!«, rief einer der anderen beiden. »Oder du kannst sehen, wie du zu deinem Geld kommst!« Er beugte sich drohend zu dem Franzosen.

»Nix Scheck!«, rief der Franzose. »Wir haben anders verabgeredet! Nur Ware mit Bargeld!«

»Das scheinen zwei Schweizer zu sein«, flüsterte Jonas. »So wie die sprechen!«

Amélie nickte. »Würde mich mal interessieren, um was für Ware es da geht.«

»Vielleicht um Schweizer Schokolade!«, überlegte Lukas. »In dem Fall sollten wir schauen, dass wir die Ware bekommen!«

Jonas schüttelte den Kopf. »Du bist vielleicht ein lausiger Detektiv!«, lachte er. »Der Franzose hat ja die Ware, also wird es wohl kaum Schokolade sein!«

Der Ton der Schweizer wurde unterdessen immer schärfer und sie drohten dem Franzosen Prügel an.

»He, was soll denn das?!«, rief einer der Marktleute, der die Szene ebenfalls verfolgte.

In diesem Moment fuhr ein Polizeiauto im Schritttempo auf das Fremdenverkehrsamt zu.

»Hallo! Police! Ici!«, rief der Verkäufer und winkte die Polizisten heran.

Blitzartig verstummte der Streit. Die Männer schauten sich alarmiert um, und bevor die Umstehenden bis drei zählen konnten, waren sie verschwunden.

»Die scheinen die Polizei nicht zu mögen!«, meinte Lukas.

Amélie nickte. »Richtig, sie haben sogar etwas liegen lassen«, sagte sie. Die Jungen schauten sie verwundert an.

Was hatte Amélie entdeckt?

Olives
FRUIT
OLIVES
4/1.
Kg.
BARQUETTES

»Ich weiß nicht, was du meinst«, rätselte Jonas. »Hätten sie etwa die Bank mitnehmen sollen?«

Amélie verdrehte die Augen. »Schau mal genau hin!«

»Du hast Recht!«, rief Lukas aufgeregt. »Da liegt noch ein Koffer unter der Bank!«

Die Kinder schauten sich um, ob sie die Männer irgendwo entdecken konnten, aber die waren spurlos verschwunden. Auch die Marktverkäufer gingen wieder ihren Geschäften nach, als wäre nichts geschehen.

»Ich würde ja zu gern wissen, was da drin ist ...«, murmelte Jonas. Er zog den Koffer hervor und stellte ihn auf die Bank. »Ganz schön schwer!«

Amélie zeigte auf die Schlösser. »Und ganz schön gut gesichert!« Der Koffer hatte in der Tat zwei massive Zahlenschlösser und war auch sonst sehr stabil.

»Schaut mal, da steht etwas geschrieben!« Lukas zeigte auf ein Ecke. »*alexa ... mas*, oder so.«

»Zeig mal her!« Amélie zog den Koffer zu sich rüber. »Das könnte *alexandredumas* heißen. Alexandre Dumas!« Sie schaute ihre Freunde an. »Der Typ scheint uns ja regelrecht zu verfolgen!«

Lukas beugte sich über die Buchstaben und zählte: »... 12, 13, 14 ...« Dann nahm er sich die Zahlenschlösser am Koffer vor. »Auch 14! Wetten, dass das Wort mit dem Schloss zusammenhängt?«

Jonas schüttelte den Kopf. »Das kapier ich nicht. Was soll Alexandre Dumas mit dem Schloss zu tun haben?«

Lukas schaute sich um. »Wir hatten schon mal so einen ähnlichen Fall. Erinnert ihr euch? Ich bräuchte jetzt nur eine Telefonzelle, ein Stück Papier und einen Stift!«

Amélie und Jonas schauten sich verwundert an.

»Bist du sicher, dass es dir hier nicht zu heiß ist?«, fragte Amélie grinsend und wühlte in ihrem Rucksack. »Manche Leute vertragen die provenzalische Sonne nicht so gut!« Sie gab Lukas einen Zettel und einen Stift.

»Lästert ihr nur. Ich bin gleich zurück!«, und er rannte zu einer Telefonzelle.

»Was will er nur?«, fragte Jonas Amélie.

Lange mussten die beiden nicht warten, denn Lukas war sofort wieder da und hielt ihnen einen Zettel hin. »So, ihr Oberknobler, wenn mich nicht alles täuscht, haben wir den Koffer gleich geknackt!«

Wer findet heraus, was Lukas vermutet?

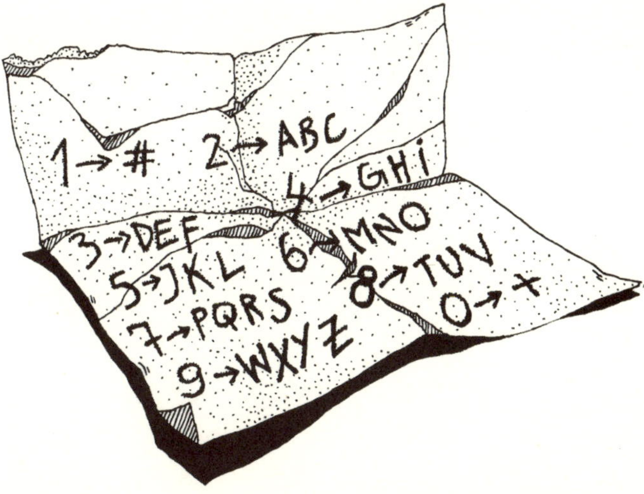

Jonas und Amélie schauten sich den Zettel genau an, dann grinste Amélie. »Erinnert mich irgendwie an die Pfingstferien bei deinem Onkel, Jonas!«

Jetzt kapierte auch Jonas, worauf Lukas hinauswollte: »Genau, das scheint dasselbe System zu sein wie bei der Telefonnummer von Reuß! Hast du noch 'nen Zettel?«

Amélie kramte erneut in ihrem Rucksack und fand noch ein Stück Papier.

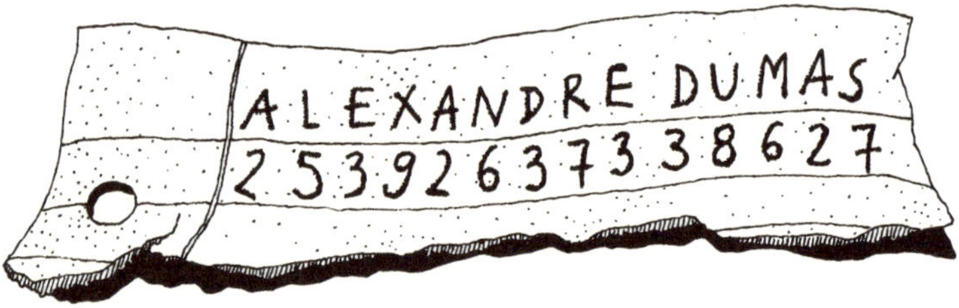

»Meinst du etwa das?«, fragte Jonas Lukas, als sie fertig waren.

Der nickte. »Genau! Und jetzt, meine Damen und Herren, kommt der große Moment …« Er nahm den Zettel mit den Ziffern und legte ihn neben den Koffer. Dann stellte er die Kombination des Zahlenschlosses ein und …

»Es klappt!«, flüsterte Amélie aufgeregt. »Nun mach schon auf!«

Lukas klappte den Deckel hoch.

»Lauter Bücher!«, rief Amélie.

»Mufflige Bücher!«, rief Lukas enttäuscht.

»Bücher von Alexandre Dumas«, staunte Jonas und nahm eins in die Hand. Vorsichtig schlug er es auf. »Ich werde verrückt«, sagte er leise und zeigte auf eine Jahreszahl. »Das ist ein Buch von 1850!«

Jetzt wurden seine Freunde neugierig. »Ob die wohl wertvoll sind?«, fragte Lukas.

»Davon kann man erst mal ausgehen«, nickte Jonas. »Sonst hätten die drei ja nicht so ein Geschrei ums Geld gemacht.«

»Und was machen wir jetzt damit?«, fragte Amélie, die sich immer wieder umschaute, ob sie einen der Männer entdeckte. »Mit dem Koffer zur Polizei zu gehen, ist der Wahnsinn, solange noch Markt ist. Wir müssten quer durch!«

Lukas zuckte die Schultern. »Dann nehmen wir ihn mit zu deinem Großvater. Der ist ja eigentlich auch Polizist und er kennt sich mit alten Büchern aus. Der kann dann am besten beurteilen, was wir damit tun sollen!«

Amélie nickte. »Stimmt, so machen wir es.« Sie hob den Koffer an. »Aber vielleicht nehme ich auch ein paar Bücher in den Rucksack, sonst schleppen wir uns noch die Arme lang!«

Jonas grinste: »Eine sehr gute Idee, ›Pötie-Schuh!‹«

Amélie lachte. »Ich nehme die beiden. Und lege dafür das Versteinerungsbuch in den Koffer, das ist ja leicht.«

Nachdem sie alles umgepackt hatten, machten sich die Kinder auf den Weg nach Hause. Jonas und Lukas wechselten sich beim Koffertragen ab und Amélie trug den Rucksack.

»Dort ist der Computerladen!«, rief Amélie. Sie zeigte auf ein Geschäft in einer Seitenstraße. »Vielleicht haben die einen Adapter für den Laptop!«

Während Amélie ihr Glück im Laden versuchte, warteten die Jungen draußen. »Wenn wir den richtigen Adapter kriegen, können wir meinem Vater eine E-Mail schicken und fragen, wie viel diese Bücher wert sind!«, überlegte Jonas. »Wenn das wirklich alte Originalausgaben sind, tragen wir ganz schön viel Geld durch die Gegend!«

In dem Moment kam Amélie aus dem Laden. »Schaut mal! Ich habe ein ganzes Sortiment verschiedener Adapter bekommen«, rief sie und hielt eine Tüte hoch. »Und einer davon wird uns ja wohl ins Internet bringen!«

»Man glaubt gar nicht, wie schwer altes Papier sein kann …«, stöhnte Lukas, als er an der Reihe war. Seufzend schleppte er den Koffer durch die Gassen. »Oben an der Ecke bist du wieder dran, Jonas!«

Der nickte.

»Was schaust du denn dauernd?«, fragte Amélie, als er wieder stehen blieb und zurückblickte.

»Ich habe das komische Gefühl, dass wir verfolgt werden …«, antwortete Jonas.

Hat Jonas Recht? Werden sie tatsächlich verfolgt?

VERS LE CHATEAU
Le Beffroi

Im Haus der Großeltern war es still.

»Grand-père, wir sind wieder da!«, rief Amélie und schaute in die Küche. Dort lag ein Brief auf dem Tisch:

»Ihr Lieben, leider müssen wir unseren Ausflug nach Roussillon verschieben. Ich bekam einen Anruf vom Polizeipräsidium Avignon, man braucht dort dringend meine Hilfe. Wir sehen uns heute Abend!«

»Schade, ich hatte mich schon sehr auf den Steinbruch gefreut«, seufzte Lukas.

»Der Steinbruch läuft uns ja nicht davon, mon Pötie-Schuh!«, neckte ihn Amélie. »Und außerdem wollten wir doch sowieso schauen, ob wir mit diesen Teilen irgendwie ins Internet kommen.«

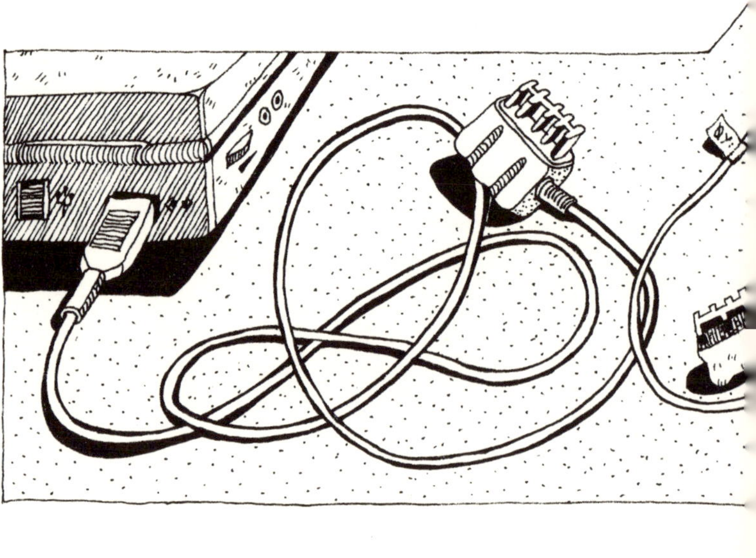

Sie schob den großen Koffer an die Wand. »Kommt, wir versuchen das gleich mal!« In ihrem Zimmer nahmen sie die Adaptersammlung aus dem Rucksack.

»Du meine Güte!«, murmelte Jonas, als er die verschiedenen Endstücke, den Computerstecker und die Steckdose anschaute. »Da haben wir tatsächlich erst mal zu tun … Das wird ein totales Getüftel!«

Welcher Adapter ist der richtige?

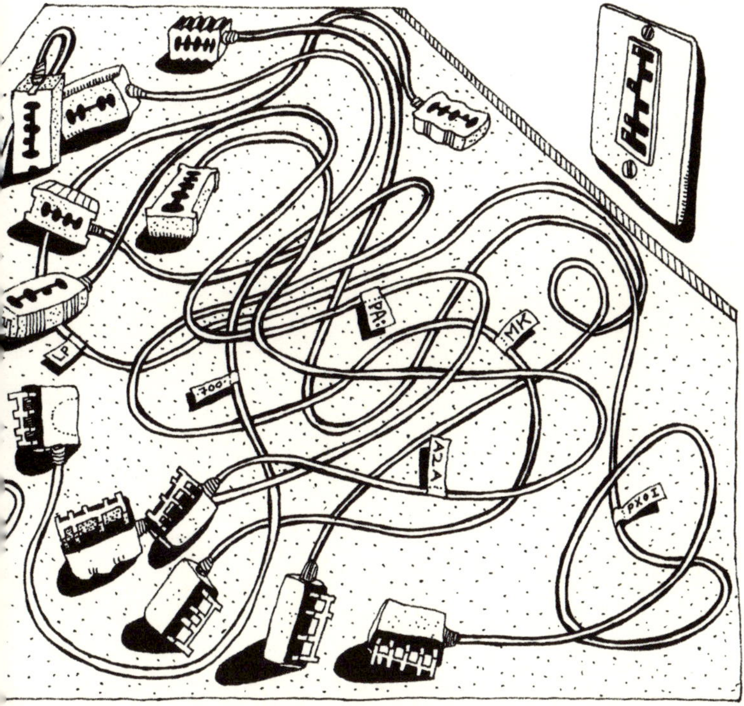

Es dauerte eine ganze Weile, bis sie den richtigen gefunden hatten.

»Es lebe der A2A-Stecker!«, rief Amélie und startete das E-Mail-Programm. »Sagenhaft! Es funktioniert!« Sie drehte sich zu Jonas um. »Am besten schreibst du gleich mal an deinen Vater. Dann wissen wir vielleicht schon heute Abend, was es mit den Büchern auf sich hat.«

Jonas nickte. »Ich schau nur mal schnell im Koffer nach und notiere mir Jahreszahlen und Erscheinungsort«, sagte er und nahm sich einen Stift und einen Zettel vom Tisch.

Es dauerte nicht lange. »Ich habe den Buchkoffer bei der Garderobe hingestellt«, sagte er. »Da steht er nicht so im Weg!« Er setzte sich an den Computer und tippte auf den Button »Neue Nachricht«.

»Hast du die E-Mail-Adresse von deinem Vater im Kopf?«, fragte Lukas.

Jonas verdrehte die Augen. »Jaha! Stell dir vor, ich weiß sogar unsere Telefonnummer auswendig … Unsere Mailadresse ist idiotensicher: mail@boeschantiquariat-bayreuth.de«

»War ja nur ein Scherz!«, beruhigte Lukas seinen Freund. »Also schreib schon. Damit wir noch eine Runde Mountainbike fahren können.« Er schaute Amélie fragend an. Sie nickte. »Gute Idee!«

Jonas war bald fertig mit seinem Brief. Nachdem er die Mail losgeschickt hatte, surften sie auf der Seite

»www.detektiv-klub.de« herum. »Na, bei Mrs X ist Saure-Gurken-Zeit!«, meinte Amélie. »Nichts Neues!«

»Schau doch mal nach, ob mein Vater schon geantwortet hat!«, schlug Jonas vor. »Vielleicht saß er gerade am Computer.«

Amélie ging zurück ins E-Mail-Progamm und rief »Neue Nachrichten« auf. »Da ist tatsächlich schon was!«, rief sie aufgeregt und öffnete die Mail.

»Was soll denn das heißen?«, rief Lukas, »Teilnehmer existiert nicht? Also, die haben vielleicht Nerven!« Gemeinsam schauten sie sich die Mail genauer an.

Was war schief gelaufen?

Subjekt: Mail delivery failed: returning message to sender

Date: Thu. 13 Aug 2002 14:23+0100

From: Mail Delivery System<Mailer-Daemon@gmx.de

To: phRoux@gmx.de

-----------------Failed addresses follow:----------------------
<mail@boeschantiquariafbayreuth.de> ..unknown user Teilnehmer existiert nicht
-----------------message text follows------------------------
Received from gmx.de(092182458-0001@862.227.123.162)byfwd07.sul.gmx
with esmpt id 18fxt-iCbkieC; thu, 13 Aug 2002 14:23 +0100
Message-ID: <3DE0E082.B631A8F@gmx.de>
Date: Thu, 13 Aug 2002 14:23 +0100
From: phRoux@gmx.de (Phillip Roux)
Reply-To:phRoux@gmx.de
X-Mailer:Mozilla 4.75 (Macintosh; U; PPC)
X-Accept-Language: de, de
MIME-Version: 1.0
To: mail@boeschantiquariafbayreuth.de
Subjekt: Dumasbuecher
Content-Type: text/plain; charset=x-user-defined; x-mac-type="54555845"
Content-Transfer-Encoding: 8bit
X-Sender: 092182458-0001@t-dialin.net

»Ich habe den Fehler!«, rief Amélie und zeigte auf die E-Mail-Adresse. »Es heißt nicht *Antiquariaf*, du Schaf, sondern Antiquariat!«

Jonas seufzte. »Okay, okay, dann probieren wir es eben noch einmal!«

»Tja, der junge Herr Bösch könnte wesentlich bessere Noten erzielen, wenn er sich etwas mehr konzentrieren und nicht so viele Flüchtigkeitsfehler machen würde!«, imitierte Lukas ihren Deutschlehrer. »Und wenn sich das nicht bald ändert, sehe ich noch schwere Zeiten auf diesen jungen Mann zukommen!«

Jonas drückte auf »senden« und schaltete anschließend den Computer aus. »Aber zuerst kommen schwere Zeiten auf dich zu, mein lieber Schlauberger!« Er lächelte versonnen. »Ich bin mir sicher, dass wir hier ein paar saftige Steigungen zum Mountainbikefahren finden, was, Amélie?«

Amélie nickte. »Oh, ganz bestimmt … Wir wollen ja schließlich nicht, dass unser bester Freund völlig außer Form gerät bei dem vielen guten Essen!«

»Oooh, wenn ich nicht sofort bis zum Hals in einer Flasche Wasser stehe, überlebe ich diesen Urlaub nicht!«, stöhnte Lukas und stürzte in die Küche.

»Oje!«, rief Amélies Großvater. »Was haben sie denn mit dir gemacht?« Er gab Lukas ein großes Glas Wasser.

»Sie haben mich einen Berg nach dem anderen hochgejagt!«, erklärte Lukas und gab Monsieur Roux das leere Glas zurück. »Und dabei behaupten sie, sie seien meine Freunde!«, rief er und ließ sich theatralisch auf einen Küchenstuhl fallen. »Das ist eindeutig ein Fall für die Polizei. Bitte übernehmen Sie, Monsieur Roux!«

Jetzt kamen auch Jonas und Amélie in die Küche.

»Na, du lebst ja noch!«, grinste Amélie. »Du darfst auch zuerst unter die Dusche, okay?«

Lukas winkte ab. »Jetzt nutzen deine freundliche Worte auch nichts mehr!«, flüsterte er. »Ich habe den Fall schon deinem Großvater übergeben!« Der lachte. »Wo habt ihr euch denn herumgetrieben?«, fragte er. »Habt ihr Lukas den Mont Ventoux hochgehetzt?«

»Ach wo!«, rief Jonas. »Wir haben nur eine kleine Tour in der Gegend gemacht. Aber unser Freund ist zurzeit nicht so gut in Form, stimmt's?« Er piekste Lukas lachend in den Bauch.

»Wie war es denn in Avignon?«, wollte Amélie wissen. »Wofür haben die deine Hilfe so plötzlich gebraucht?«

Monsieur Roux setzte sich und schenkte das Wasserglas noch mal voll. »Es geht um gestohlene Bücher«, erzählte er den Kindern. »In letzter Zeit hat man an verschiedenen Orten eingebrochen und es wurden sehr wertvolle Erstausgaben gestohlen!«

»Ach was!«, entfuhr es Jonas. »Am Ende sind es noch Erstausgaben von Alexandre Dumas?«

Großvater machte ein erstauntes Gesicht. »Sind es in der Tat! Kannst du hellsehen?«

Amélie schüttelte den Kopf. »Das nicht. Aber ich glaube, wir haben deinen Fall schon gelöst. Die Bücher sind nämlich hier im Haus!«

Jetzt kapierte ihr Großvater überhaupt nichts mehr. »Ihr habt alte Erstausgaben von Dumas gefunden?«, rief er. »Und die sind hier im Haus?«

Die Kinder nickten.

»Ein ganzer Koffer voll!«, rief Jonas. »Ich hole ihn mal«, und er verschwand in den Flur. Doch gleich darauf stand er wieder in der Küche. »Das gibt's doch nicht!«, rief er verdattert. »Der Koffer ist verschwunden!«

Jetzt rannten alle in den Flur.

»Du hattest ihn doch hier hingestellt.« Amélie zeigte auf den Platz unter der Garderobe.

Jonas nickte. »Genau da. Und da stand er auch noch, als wir aufgebrochen sind zu unserer Radtour.«

»Jetzt setzt euch mal in die Küche und erzählt mir bitte von Anfang an!«, rief Monsieur Roux. Er nahm einen Schreibblock und einen Stift aus der Schublade. »Also, wo habt ihr diesen Koffer gefunden?«

Die Kinder erzählten ihm die ganze Geschichte mit allen Einzelheiten. Monsieur Roux rieb sich das Kinn. »Das klingt in der Tat alles sehr nach den Büchern, die verschwunden sind …«, murmelte er. »Und schon sind sie wieder gestohlen worden … Das darf nicht wahr sein!«

Stimmt das denn? Sind alle Bücher aus dem Koffer wieder gestohlen worden?

Plötzlich schlug Amélie sich an die Stirn. »Nein, sie wurden nicht alle gestohlen!«, rief sie strahlend. »Zwei habe ich ja in meinen Rucksack verstaut!«, und sie rannte los. Monsieur Roux schaute sie irritiert an.

Jonas klärte ihn auf: »Amélie hat zwei der Bücher in ihren Rucksack gepackt. Damit der Koffer nicht mehr ganz so schwer war, verstehen Sie?«

Amélie stürzte in dem Moment wieder in die Küche. »Ha!«, rief sie. »Der Rucksack ist noch da!« Sie legte die beiden Bücher vor ihrem Großvater auf den Tisch. »Da werden die Typen sich ganz schön ärgern!«

Ihr Großvater schlug die Bücher auf. »Das kannst du glauben«, sagte er. »Sie gehören nämlich jeweils zu einer Reihe, und ich denke, dass sie alles tun werden, um auch diese beiden Exemplare wiederzubekommen!«

Lukas zog die Brauen hoch. »Wieso denn? Sie haben doch die anderen Bücher wieder!«

Monsieur Roux nickte. »Schon«, sagte er. »Aber ich bin mir sicher, dass diese Bücher an Sammler weiterverkauft werden. Und die wollen die komplette Reihe!« Er schaute die Kinder an. »Es wäre toll, wenn ihr eine genaue Beschreibung der Männer liefern könntet. Dann kann ich sie der Polizei in Avignon weitergeben.«

Jonas grinste. »Wie wäre es denn mit Phantombildern?«, fragte er. »Das wäre doch noch besser, oder?«

Monsieur Roux nickte. »Klar, aber wer kann denn so gut zeichnen von euch?«, fragte er erstaunt.

Amélie zeigte nach oben. »Wir nicht, aber unser Undergroundoffice hat ein tolles Phantombildprogramm!«

Ihr Großvater schüttelte den Kopf. »Langsam wundere ich mich über nichts mehr!«, lachte er. »Los, zeigt diesem alten Mann, was ihr so alles auf Lager habt!«

Amélie setzte sich an den Computer, startete das Programm, gab Detekteiname und Passwort ein und ging gleich weiter ins Phantombildprogramm.

»Das ist total professionell«, staunte Monsieur Roux. »Da kann man ja im Grunde jedes beliebige Gesicht zusammensetzen!«

Sie machten sich an die Arbeit.

»Wie nennen wir denn diesen Herrn?«, fragte Jonas, als sie mit dem Porträt des Franzosen fertig waren.

Amélie grinste und speicherte ihn in einem neuen Ordner unter »Bargeld« ab. Die anderen lachten.

»Wir könnten ihn auch *Nix-Scheck* nennen!«, blödelte Lukas. »Und nun zu den Herren Schweizer 1 und Schweizer 2!«

Sie gingen nach dem gleichen Schema vor: Zuerst wurde die Gesichtsform ausgewählt und dann mit Augen, Nase, Mund, Ohren, Frisur und Brauen vervollständigt.

»Ich bin mir ziemlich sicher, dass Bargeld eine Narbe am Kinn hat«, sagte Jonas und deutete auf die Stelle.

»Kein Problem!«, meinte Amélie und ging unter *Besondere Kennzeichen*. »Ist das so richtig?«

SCHWEIZER 2
SCHWEIZER 1

»Das ist wirklich super geworden!«, rief Lukas. »Wenn die Polizei in Avignon die Bande jetzt nicht kriegt, weiß ich auch nicht …«

Amélie zog die Stirn kraus. »Tja, jetzt haben wir zwar drei schöne Bilder, aber keinen Drucker!« Sie schaute ihren Großvater fragend an. »Oder hast du hier im Haus einen versteckt?«

Der schüttelte den Kopf. »Ich habe doch nicht mal einen Computer, chérie«, sagte er bedauernd. »Da kann ich euch leider nicht helfen!«

Wie kommen die Phantombilder der Bücherdiebe zur Polizei nach Avignon?

»Kein Problem!« Die drei schauten sich an: »Es gäbe zwei Möglichkeiten: Die doofe Lösung zuerst: Wir steigen mit dem Laptop ins Auto und zeigen den Polizisten in Avignon unsere Ergebnisse live am Bildschirm … oder …« Jonas schaute Monsieur Roux an. »Sie rufen kurz dort an und fragen nach der E-Mail-Adresse des Polizeipräsidiums. Wir hängen die Bilder einfach an eine E-Mail dran und die Polizei druckt sie bei sich aus!«

Amélie und Lukas schlugen Jonas zufrieden auf die Schulter. »Genauso machen wir es!«

Monsieur Roux schaute die Kinder an, als hätten sie gerade chinesisch mit ihm gesprochen. »Ich werde anrufen und nach der Adresse fragen«, seufzte er. »Aber verstehen kann ich das nicht so recht …«

Amélie nahm ihren Großvater in den Arm: »Macht nichts«, tröstete sie ihn. »Ruf erst mal an! Und danach erklären wir dir alles in Ruhe!«

MITTWOCHVORMITTAG, 14. AUGUST

»Na, was steht denn heute alles an?«, fragte Amélies Großmutter, als sie zusammen beim Frühstück saßen.

»Zoh Bohkuihne«, antwortete Lukas mit vollem Mund.

Jonas seufzte. »Der junge Mann neben mir möchte mitteilen, dass wir uns die Burgruine anschauen werden!«

Lukas wischte sich den Mund ab. »Sagte ich doch, du Schlaumeier!«, und er griff erneut zum Brotkorb. »Es geht nichts über frisches Baguette zum Frühstück …«

Amélie goss sich eine Tasse Tee ein. »Leihst du uns dein Fernglas, Grand-père?«, fragte sie.

Monsieur Roux nickte. »Das könnt ihr gerne mitnehmen. Aber da fällt mir noch etwas ganz anderes ein: Habt ihr einen Fotoapparat?«

Die Kinder schüttelten den Kopf.

»Dann habe ich etwas für euch!«, sagte er und kam kurze Zeit später wieder zurück. »Schaut mal, vielleicht könnt ihr damit etwas machen!« Er legte eine originalverpackte Digitalkamera auf den Tisch. »Die habe ich bei einem Preisausschreiben gewonnen«, erklärte er den Kindern. »Aber ich bin bis jetzt noch nicht dazu gekommen, mich damit auseinander zu setzen. Da ist auch lauter so Computerkram dabei. Keine Ahnung, wie das funktioniert!«

Amélie schaute sich den Inhalt der Packung genau an.

»Das ist die CD-ROM mit der Treibersoftware«, stellte sie fest. »Und ein USB-Kabel. Damit kann man nach dem Fotografieren die Bilder auf dem Computer anschauen!«

Monsieur Roux verdrehte die Augen. »Es ist mir ein Rätsel, wie ihr mit dem ganzen Technikkram klarkommt …«, seufzte er. »Aber ihr könnt die Kamera ja mal ausprobieren und mir später alles erklären, ja?«

Die Kinder nickten begeistert. »Wir haben zu Hause eine ähnliche Kamera«, strahlte Jonas. »Die ist kinderleicht zu bedienen! Kommt, wir gehen gleich mal los!«

Ausgerüstet mit Fernglas und Kamera liefen sie den Pfad zur Burgruine hoch. Oben ging ein angenehmer Wind und sie hatten eine fabelhafte Fernsicht.

»Ist schon superschön hier!«, stellte Jonas fest. »Ich wüsste gern mal, wie das früher hier ausgesehen hat, als die Burg noch richtig intakt war!«

Lukas setzte das Fernglas kurz ab. »Bestimmt hat es tolles Essen im Schloss gegeben …«, sagte er verträumt. »Mit ganzen Wildschweinen und so …«

Amélie und Jonas lachten. »Ist schon gut, du Obelix!« Jonas schnappte sich das Fernglas. »Kommt, wir gehen mal auf die andere Seite!«

Von der Rückseite der Ruine schauten sie auf ein lang gezogenes Tal. Zwischen den Feldern, die von Waldstücken unterbrochen wurden, lagen einzelne Häuser.

»Sind das Ferienhäuser, Amélie?«, fragte Jonas.

»Was ist?« Amélie schaute kurz von der Kamera auf. »Moment, gleich müsste sie funktionieren!« Nach einigen Minuten stellte sie sich neben Jonas. »Was wolltest du wissen?«

Jonas zeigte hinunter. »Ob das da drüben Ferienhäuser sind«, wiederholte er seine Frage.

Amélie zuckte die Schultern. »Teils, teils, glaube ich.«

Jonas schaute durch das Fernglas zu den Häusern hinüber. »Ganz schöne Hütten!« Dann wanderten seine Augen weiter nach links. »Ach nee …!«, rief er.

Lukas und Amélie schauten ihn erstaunt an. »Hast du unseren Mathelehrer da unten entdeckt?«, feixte Lukas.

»Nein, etwas viel Besseres!« Jonas gab Amélie das Fernglas und zeigte aufgeregt nach unten.

Was hatte Jonas entdeckt?

»Ich weiß echt nicht, was da so aufregend sein soll …«

Amélie reichte das Fernglas an Lukas weiter.

Der brauchte nicht lange, bis er fand, was Jonas entdeckt hatte. »Ah, ein Kombi mit Schweizer Kennzeichen in der Einfahrt! Sehr interessant!« Er zeigte Amélie die Stelle. »Ich glaube, wir sollten sofort zu einer kleinen Radtour aufbrechen und nachsehen, ob der Wagen unseren Freunden, Schweizer 1 und 2, gehört.«

Amélie nickte. »Gut, dass wir die Wanderkarte dabeihaben, denn da unten gibt es nur kleine Straßen und Wanderwege. Komm, wir holen unsere Räder und machen uns auf den Weg!«

Es stellte sich bald heraus, dass die Wanderkarte ihnen gute Dienste leistete. »Von der Burgruine aus sah alles viel übersichtlicher aus!«, seufzte Jonas und sah auf der Karte nach, wo sie sich befanden.

Lukas zeigte auf eine Wandermarkierung am Weg. »Schaut doch, wo diese ›Gelbe-Punkt-Route‹ verläuft.«

Amélie hatte die Route schnell gefunden. »Die geht an den Häusern da drüben entlang«, zeigte sie den anderen. »Und das müsste auch ungefähr die Richtung von dem Haus sein!«

Jonas grinste. »Da haben wir gleich eine wunderbare Ausrede, falls wir uns auf dem Grundstück umsehen und erwischt werden. Wir sind arme Radfahrer, die völlig die Orientierung verloren haben!«

»Das Haus da vorne müsste es sein!« Lukas hielt an und deutete auf ein niedriges Haus am Wegrand.

»Bist du sicher?«, fragte Jonas. »Ich sehe aber weit und breit kein Auto!«

Hat Lukas Recht? Sind sie beim richtigen Haus?

»Ich bin mir absolut sicher, dass die Einfahrt an beiden Seiten eine Mauer hatte und links eine Pinie!« Lukas zeigte auf den Baum. »Außerdem ist mir diese Fensterfront zur Einfahrt hin aufgefallen.«

Amélie zeigte auf die unbefestigte Einfahrt. »Lukas hat Recht: Genau dort stand der Kombi!« Sie holte die neue Kamera aus ihrem Rucksack. »Ich mache gleich mal ein Bild von den Reifenspuren. Für unser ›Schweizer-Archiv‹. Ein Glück, dass die den Garten heute früh so üppig gegossen haben!«

Jonas schaute zum Haus hin. »Wenn die Vögel ausgeflogen sind, können wir uns ja mal umsehen, was meint ihr?«

Lukas nickte. »Und wenn jemand auftaucht, dann suchen wir eben die gelbe Wandermarkierung!«

Leise schlichen sie sich an das Haus heran. An einem der großen Fenster hielt Amélie inne. »Ich teste gleich mal die Lichtempfindlichkeit der Kamara«, flüsterte sie und fotografierte durch die Scheibe. »Wenn das Bild nichts geworden ist, kann ich es ja einfach wieder löschen!«

Jonas zeigte auf das Nebengebäude. »Vielleicht finden wir dort noch Hinweise.« Vorsichtig schlichen sie weiter.

»Ich schau mal, ob die Tür offen ist«, sagte Jonas leise.

»Und was du dann willst tun, hä?«, fragte plötzlich eine schneidende Stimme hinter ihnen. »Was ihr suchen?«

Den Kindern blieb das Herz vor Schreck fast stehen.

»Isch ’abe gefragt was, hä?« Eine Frau baute sich vor den dreien auf und funkelte sie an. »Wird es noch ’eute?«

Als Erster fand Jonas die Sprache wieder. »Wir, äh, wir suchen die Schweizer, äh, ich meine, die gelbe Wandermarkierung«, stotterte er.

»Genau!«, half Lukas seinem Freund. »Wir haben uns verfahren und jetzt suchen wir den Weg!«

Die Frau schaute immer grimmiger. »Und dann ihr wandern wollt in Garten, hä?«

»Non, non!«, rief Amélie. »Das ist ein großes Missverständnis!«, und sie wiederholte alles zur Sicherheit noch mal auf Französisch.

Die Frau kam drohend auf sie zu. »Ier nix Wanderweg und nix Schweiz! Und jetzt ihr weg! Oder isch rufen Polizei!«

Das ließen sich die Freunde nicht zweimal sagen.

Schnell stiegen sie auf ihre Mountainbikes und schauten, dass sie weiterkamen.

»Halt! Ich brauche eine Pause!« Lukas beugte sich über seinen Lenker und schnaufte laut. »Sie wird uns ja wohl nicht einholen wollen …«

Jonas und Amélie stellten sich neben ihn. »Boah, ich habe gedacht, ich sterbe vor Schreck, als die alte Hexe plötzlich hinter uns stand!«, bekannte Amélie und kicherte dann zu Jonas hinüber. »Aber deine Erklärung mit dem Schweizer Wanderweg war schon allererste Sahne!« Plötzlich bekamen sie einen furchtbaren Lachkrampf.

»Der gelb-schweizer Wanderweg!«, lachte Lukas.

»Jaja! Der berühmte Käse-Wanderweg!«, heulte Jonas.

»Berüchtigt wegen seiner Garagenhindernisse!« Amélie hielt sich den Bauch vor Lachen.

»Und bissigen Hausbesitzerinnen! Hä?!«, ergänzte Lukas, während er sich die Lachtränen aus dem Gesicht wischte. »Aber eins muss man ihr zugute halten: Sie ist hier in Frankreich die erste Frau, die nicht das Bedürfnis hatte, mich abzuknutschen!«

Als sie sich wieder einigermaßen gefangen hatten, holte Jonas tief Luft. »Ich glaube, wir sollten zu Hause ein neues Phantombild anfertigen, was meint ihr?«

Amélie nickte. »Für alle Fälle. Und dann schauen wir auch mal, was die Kamera für Bilder gemacht hat. Auf dem kleinen Bildschirm erkennt man ja nichts!«

MITTWOCHNACHMITTAG, 14. AUGUST

Nach dem Mittagessen zogen sich die Kinder in ihr Zimmer zurück. Amélie fuhr den Laptop hoch und las die Gebrauchsanweisung der Software durch. »Vielleicht sollten wir erst das Phantombild erstellen«, schlug sie vor, »damit wir es nicht vergessen!«

Sie setzten sich zu dritt an den Tisch und öffneten das Detektivbüro-Programm.

»Schade, dass wir nicht eingeben können Stimmen, hä?!«, imitierte Lukas die Frau.

»Ich glaube, das brauchen wir bei der nicht«, meinte Amélie. »Diese Stimme hat sich für immer auf meine innere Festplatte eingebrannt!«

Mit dem Phantombild kamen sie zügig voran. »So, das war es auch schon …« Amélie drückte auf »Speichern«.

»Ist sie nicht schön geworden?« Zufrieden schauten sie auf den Bildschirm.

»Fehlt nur noch der Name«, sagte Jonas. »Wie wäre es mit …«

Amélie grinste. »Genau, mit einem Kosenamen, etwa Pöti-Schuh?«, und gab den Namen ein. »Das passt wunderbar zu ihr!«

Amélie zeigte auf das Zeichen des Internetbrowsers. »Schauen wir erst einmal, ob dein Vater sich schon gemeldet hat!« Sie rief die E-Mails ab. »Sie haben eine neue Nachricht«, hieß es. Es war in der Tat eine Mail von Herrn Bösch:

Lieber Jonas, man kann euch ja wirklich nicht allein in Urlaub fahren lassen ((-: Kaum seid ihr in der Provence, schon steckt ihr bis zum Hals in alten, kostbaren Büchern! Falls ihr noch welche übrig habt, bringt sie mir einfach als Souvenir mit nach Bayreuth ((-:
Passt bitte auf euch auf, liebe Grüße, auch an Amélie, ihre Großeltern und Lukas!
Dein Vater

»Na, ich werde sehen, was ich machen kann!« Jonas zeigte auf die Digitalkamera. »Aber jetzt die Bilder!«

Gespannt setzten sie sich an den Tisch. Es dauerte nicht lange und das erste Bild erschien auf dem Bildschirm. »Genial, diese Kamera!«, rief Jonas. »Wenn man bedenkt, dass du das Zimmer nur von außen fotografiert hast.«

Amélie nickte. »Ich hätte nicht gedacht, dass das Bild so scharf sein würde!«

Lukas grinste. »Und nicht nur die Tiefenschärfe ist toll, das Foto enthält auch ein scharfes Beweisstück!«

Was hat Lukas auf dem Bild entdeckt?

Basler Zeitung
KRAKAUER
INTO
THIN
AIR
KRAKAU

»Ein scharfes Beweisstück?« Amélie und Jonas schauten Lukas verblüfft an. »Auf diesem Bild?«

Lukas nickte. »Pöti-Schuh hat behauptet: *'ier nix Wanderwege und nix Schweiz*, und was liegt offen auf dem Stuhl?«

Jonas und Amélie schauten wieder auf den Bildschirm.

»Tatsächlich! Eine Basler Zeitung!«, rief Amélie aufgeregt.

»Na ja, das beweist zwar noch nicht, dass es unsere Schweizer sind«, bremste Jonas. »Aber wir sollten das Haus auf jeden Fall mal im Auge behalten!«

»Das meine ich aber auch!« Amélie klickte das nächste Bild an. »Und schaut mal her: Der Reifenabdruck ist auch gut erkennbar. Zu blöde, dass wir keinen Drucker haben …«

»Egal!« Jonas zeigt auf die Kamera. »Wir können das Bild in der Kamera speichern und es aufrufen, wenn die Herrschaften uns mal wieder über den Weg fahren!«

FREITAGNACHMITTAG, 16. AUGUST

»Na, gibt es denn schon Fahndungserfolge in Sachen Bücherdiebe?«, fragte Amélie, als ihr Großvater nach zwei Tagen aus Avignon zurückkehrte.

Der schüttelte den Kopf. »Leider nein! Außerdem haben die Beamten momentan alle Hände voll zu tun mit einem geschickten Scheckkartendieb, der die Touristen hier beklaut.« Monsieur Roux schaute die Kinder an. »Sagt bloß, ihr habt schon eine heiße Spur?«

Jonas zuckte die Schultern. »Nicht wirklich. Da hinten im Tal gibt es ein Haus, in dem Schweizer wohnen, und eine Frau, die das leugnet!« Sie berichteten von ihrem Erlebnis.

»Na, passt nur auf, dass die Polizei am Ende nicht euch verhaftet!«, lachte der Ex-Polizist. »Wegen Hausfriedensbruch oder so!« Doch dann wurde er ernst: »Ich finde es prima, dass ihr die Augen offen haltet, aber passt bitte auf. Wer weiß, was diese Typen sonst noch auf dem Kerbholz haben. Und ich möchte euch am Ende der Ferien wieder heil abgeben!«

Amélie nahm ihren Großvater in den Arm. »Keine Bange!«, beruhigte sie ihn. »Wir sind schon vorsichtig.«

Monsieur Roux erhob sich. »Na gut, ich verschwinde jetzt erst mal in der Dusche! Wir sehen uns beim Abendessen.«

Amélie schaute auf die Uhr. »Wie wäre es denn mit

einer kleinen Tour nach diesem faulen Schwimmbadtag?«, fragte sie ihre Freunde.

»Vielleicht einen kleinen Abstecher ins Tal hinter der Burgruine?«, feixte Jonas.

Lukas schaute betont unschuldig. »Mmh ... Da soll es ja sehr interessante Wanderwege geben ... Also gut!«

»Ich glaube nicht, dass es schlau ist, wenn wir einfach so vorbeiradeln«, überlegte Jonas, als das Haus der Schweizer in Sichtweite war. »Vielleicht besser, wir verstecken die Räder hier irgendwo im Unterholz und schleichen durch das Wäldchen in Richtung Haus. Was meint ihr?«

Die anderen beiden nickten. Kurze Zeit später waren sie auf Höhe des Hauses. »Super, sie sind daheim!«, flüsterte Jonas.

Schnell beugte sich Amélie aus ihrem Versteck heraus und fotografierte den Kombi mit dem Schweizer Nummernschild.

»Vorsicht!« Lukas zog Amélie herunter. »Sie kommen!«

Mucksmäuschenstill beobachteten die Kinder, wie Schweizer 1, Schweizer 2 und Pöti-Schuh das Haus verließen und Anstalten machten wegzufahren.

»Hast du den Brief schon hingelegt?«, fragte Schweizer 1 seinen Kompagnon.

»Oh, das hätte ich glatt vergessen!«, rief der und lief zum Tor der Einfahrt vor, auf deren Pfosten große Blumentöpfe standen. Er nahm ein gefaltetes Blatt aus seiner Jacke und legte es unter den linken Blumentopf. Dann stieg auch er ins Auto und sie fuhren davon.

Kaum war das Auto um die Kurve verschwunden, krochen die Kinder aus ihrem Versteck.

»Jetzt wissen wir, dass es unsere Schweizer sind. Na, so ein kleiner Ausflug in diese Gegend lohnt sich doch jedes Mal!«, sagte Jonas. Er schaute sich vorsichtshalber noch mal um. »Jetzt wollen wir mal sehen, was die lieben Schweizer für eine Nachricht hinterlassen haben!«

Amélie machte den Brief auf. »Ach, du dickes Ei!« Mit einem tiefen Seufzer zeigte sie den anderen die Nachricht.

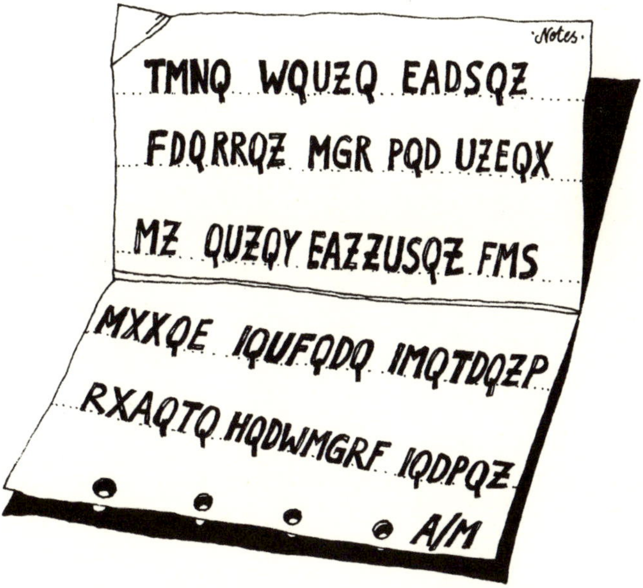

Auch Jonas und Lukas schauten hilflos auf die verschlüsselte Nachricht.

»Mist! Das kriegen wir nie auf die Schnelle heraus!«, stöhnte Lukas. »Und es kann jeden Moment einer kommen, um die Nachricht abzuholen!«

Jonas' Miene hellte sich plötzlich auf: »Wir können den Zettel doch schnell abfotografieren. Und zu Hause in Ruhe versuchen herauszufinden, wie die Nachricht lautet!«

Amélie schlug ihrem Freund auf die Schulter. »Gratuliere, Holmes!«

Sie legte schnell den Brief aufgefaltet auf den Boden und machte einige Aufnahmen. »So, wieder unter den Blumentopf damit und dann nichts wie zurück in unser Versteck. Mit etwas Glück sehen wir noch, wer die Nachricht abholt!«

Die Wartezeit in ihrem unbequemen Versteck lohnte sich: Keine Viertelstunde später hielt ein alter Pickup vor dem Anwesen.

»Ha, Monsieur Bargeld …«, flüsterte Lukas aufgeregt. »Der Kreis schließt sich perfekt!«

Der Franzose stieg aus und ging zielsicher auf den Blumentopf zu. Er schaute sich kurz um, nahm den Brief und fuhr wieder davon.

»Ah, da seid ihr ja!« Amélies Großmutter war sichtbar erleichtert, als sie die Kinder hereinkommen sah. »Ich hatte schon Angst, dass die Bücherdiebe euch auch noch mitgenommen hätten!«

Jonas lachte. »Keine Bange. Aber mit etwas Glück sind wir den Dieben schon einen großen Schritt näher gekommen!«

Amélie holte die Kamera aus ihrem Rucksack. »Wo ist Großvater?«

Madame Roux zeigte auf die Terrassentür. »Er liest draußen Zeitung!«

Die Kinder gingen hinaus und fanden Amélies Großvater schnarchend im Liegestuhl.

»Aha, so liest man hier also die Zeitung …«, grinste Lukas.

Amélie schlich sich an Großvaters Liegestuhl heran und klatschte laut in die Hände.

»Haa!!« Mit einem Aufschrei fegte sich Monsieur Roux die Zeitung vom Gesicht und schaute die Kinder völlig verdattert an. »Mon Dieu, ihr habt mich aber erschreckt …«

Amélie hielt die Kamera hoch. »Tut mir Leid, Monsieur le Commissaire, aber wir haben hier wichtige Beweismittel drin und bräuchten Ihre Hilfe!«

Jetzt wurde der Großvater blitzschnell wach. »Wart ihr

etwa wieder bei diesem Haus?«, fragte er leicht vorwurfsvoll.

»Ja«, bestätigte Amélie. »Und es hat sich auch voll gelohnt. Kommst du mit nach oben? Dann zeigen wir dir, was wir gefunden haben.«

»Kennen Sie sich mit Geheimschriften aus?«, fragte Lukas, während sie nach oben gingen.

»Nicht so richtig«, gab Monsieur Roux zu. »Wieso?«

Amélie war schon dabei, die Bilder zu laden. »Weil wir keine Ahnung haben, was das hier bedeuten soll!« Sie zeigte auf das erste Bild und erzählte, was sie alles erlebt hatten. Der Brief mit der verschlüsselten Botschaft war auf dem Bildschirm klar erkennbar.

»Du meine Güte!«, entfuhr es Monsieur Roux. »Das sieht ja nicht gerade einfach aus!« Er rieb sich am Kinn. »Aber habt ihr nicht neulich von diesem Detektivklub erzählt, bei dem ihr Mitglieder seid? Vielleicht kann uns da jemand helfen!«

»Super Idee!«, rief Amélie. »Wir könnten Mrs X eine Mail schreiben!« Sie zeigte ihrem Großvater die Aufnahme vom Schweizer Auto. »Und dieses Bild schicken wir an die Polizei in Avignon. Dann haben die schon mal Anhaltspunkte für die Fahndung!« Schon tippte sie los.

»Und ich fresse einen Besen, sollte ich jemals kapieren, wie man Fotos durch die Telefonleitung schiebt …«, seufzte Monsieur Roux.

SAMSTAGVORMITTAG, 17. AUGUST

Noch vor dem Frühstück saßen Jonas, Amélie und Lukas am Laptop, um nachzusehen, ob Mrs X schon geantwortet hatte. »Es sind keine neue Nachrichten auf dem Server«, teilte der Computer ihnen mit. »Mist!« Amélie lud das Bild mit dem verschlüsselten Text und sie starrten auf den Bildschirm.

»Was mir auffällt, sind die vielen Q«, begann Jonas. »Die müssten eigentlich für den Buchstaben stehen, der sonst am häufigsten vorkommt.«

»Der häufigste Buchstabe ist E«, antwortete eine Stimme hinter ihnen. Amélies Großvater schaute zur Tür herein. »Wollt ihr nicht erst zum Frühstück kommen?«

Nicht mal Lukas reagierte auf diese Anregung. »Wenn Q=E ist«, murmelte er, »dann wäre D …« Er nahm einen Zettel und schrieb das Alphabeth auf. »Dann wäre D=P, C=O, B=N und A wäre identisch mit M!«

Jonas schlug sich an die Stirn. »Du hast Recht!«, rief er. »Und die Lösung wurde uns sogar mitgeliefert! Dieses A/M da unten ist gar keine Unterschrift, sondern der Hinweis, wie man den Text entschlüsselt!«

Jetzt hatte auch Monsieur Roux das Frühstück vergessen. Er setzte sich zu den Kindern, und gemeinsam versuchten sie, den Text zu dechiffrieren.

Wie lautet der Inhalt des Briefes?

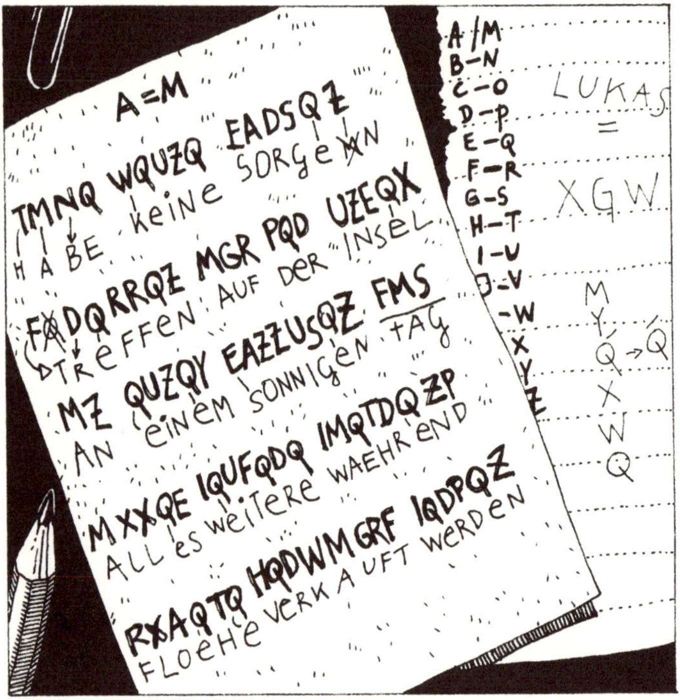

»Und das soll die Lösung sein?« Jonas schaute verblüfft auf die neuen Buchstabenreihen.

»Müsste so sein!« Lukas las die Zeilen langsam von links nach rechts:

»HABE KEINE SORGEN TREFFEN AUF DER INSEL AN EINEM SONNIGEN TAG ALLES WEITERE WAEHREND FLOEHE VERKAUFT WERDEN! – Ich glaube, die wollen uns auf den Arm nehmen! Wo werden denn Flöhe verkauft? Gibt es hier ein Flohgeschäft?« Er schaute Amélie fragend an.

»He, vielleicht meinen sie einen Flohmarkt!«, rief Lukas. »Und *ein sonniger Tag* könnte Sonntag bedeuten!«

»Genau!« Monsieur Roux sprang auf. »Und ich kann euch auch den Rest erklären: Sonntags findet immer ein großer Flohmarkt in dem Ort L'Isle-sur-la-Sorgue statt! *Sei ohne Sorgen, Treffen auf der Insel*!«

Amélie schaute verzweifelt. »Aber da finden wir sie nie! Die ganze Innenstadt ist ein einziger Flohmarkt. Und voller Touristen!«

»Vielleicht haben wir ja Glück«, meinte ihr Großvater. »Ich bin heute sowieso in Avignon und kann den Kollegen Bescheid sagen.« Er hielt kurz inne. »Und ich nehme mal an, dass ihr am Sonntag mit dabei sein wollt, oder?«

Die Kinder nickten. »Klar! Wo wir doch schon so viele Hinweise beigesteuert haben!«, rief Jonas. »Das lassen wir uns nicht entgehen.«

SONNTAGMORGEN, 18. AUGUST

Gegen zehn wurden sie von Monsieur Dubois, einem Polizisten in Zivil, abgeholt und machten sich gemeinsam auf den Weg nach Isle-sur-la-Sorgue. Sie saßen noch nicht lange im Auto, da klingelte das Handy von Monsieur Dubois. »Die Schweizer sind auf dem Flohmarkt gesichtet worden«, übersetzte Amélies Großvater nach dem Gespräch. »Zwei Polizisten sind ihnen auf den Fersen. Hoffentlich haben wir sie bald!«

Obwohl es erst halb elf war, waren die meisten Zufahrtsstraßen des kleinen Städtchens schon völlig zugeparkt, und sie mussten ein ganzes Stück zu Fuß gehen. Im Zentrum kamen sie nur langsam voran.

»Manno! Hier gibt es ja wirklich alles!«, staunte Lukas.

Es war eine wilde Mischung aus Antiquitäten und Plunder, die feilgeboten wurde. »Haltet die Augen gut offen«, sagte Monsieur Roux. »Vielleicht entdeckt ihr ja auch irgendwo den französischen Komplizen!«

Jonas schaute sich um und seufzte. »Ob wir da eine Chance haben?«

Ruckartig blieb Amélie plötzlich stehen und Jonas rannte fast in sie rein. »He, kannst du nicht aufpassen?«, rief er erschrocken und rieb sich die Nase. Doch Amélie zeigte ohne ein Wort auf einen Flohmarktstand.

Was hatte sie entdeckt?

Marina
BIIITLS
VERSTEINERUN
IN FRANKREIC
7.
La
Vrai

»Na, was ist?«, rief Monsieur Roux, als die Kinder ihm nicht folgten. »Zum Bummeln haben wir jetzt keine Zeit!«

Lukas winkte ihn heran und zeigte ihm, was sie gefunden hatten. »Schauen Sie mal, da drüben!« Er wies auf das Buch *Versteinerungen in Frankreich, Band 7.* »Das Buch hatten wir auf dem Markt in Vaison gekauft und es beim Transport in den Bücherkoffer gelegt!«

Monsieur Roux nickte. »Verstehe. Und dann wurde der Koffer geklaut und jetzt taucht das Buch hier wieder auf, richtig?«

Die anderen nickten. »Es ist eindeutig dasselbe Exemplar«, erklärte Amélie. »Ich habe es billiger bekommen, weil die Ecke vom Umschlag fehlt.«

Ihr Großvater schaute auf die Uhr. »Interessant, aber wir müssen weiter«, drängte er und schob die Kinder in Richtung Sparkasse. »Da hinten treffen wir uns mit Dubois und den anderen Polizisten!«

Als sie am Treffpunkt ankamen, war die Stimmung unter den Polizisten gedrückt. »Sie sind uns gerade entwischt!«, erklärte Dubois. »Es ist fast unmöglich, jemandem in dieser Menschenmenge zu folgen!«

Lukas überlegte. »Aber vielleicht treffen wir sie noch per Zufall, wenn wir uns auf dem Markt umsehen.«

Die Männer nickten. »Ja, macht mal! Ich warte hier auf euch«, schlug Monsieur Roux vor. »Diese Sparkasse findet ihr wieder!«

Jonas zeigte auf die Schaufenster neben der Sparkasse. »Cool, da gibt es ein Plakat mit allen Euromünzen. Kommt ihr mit?«

Kaum standen sie vor dem Plakat, als es in der Menschenschlange neben ihnen ein großes Geschrei gab. »Nimm sofort deine dreckigen Finger von meiner Scheckkarte!«, keifte eine deutsche Touristin und schlug mit ihrer Handtasche auf einen Mann ein.

»Ich werd verrückt!«, rief Amélie. »Das ist ja Monsieur Bargeld, der gerade verprügelt wird!« Schnell rannte sie zu ihrem Großvater. Monsieur Roux fackelte nicht lange und zusammen mit Dubois schnappte er sich den Franzosen am Geldautomaten.

»Ah, Gott sei Dank, Sie sprechen deutsch!«, rief die Frau. »Er stand hinter mir, und als ich die Geheimzahl meiner Scheckkarte eingetippt hatte, griff er einfach in die Tasten!«, erklärte sie Monsieur Roux aufgeregt.

»Und als meine Karte dann wieder aus dem Automaten kam, wollte er sie klauen!« Wütend schaute sie zu dem Franzosen hinüber.

»Sie sind nicht die Erste, bei der er das versucht, Madame«, sagte Amélies Großvater. »Aber dank Ihrer Hilfe können wir ihn jetzt erst mal aus dem Verkehr ziehen!«

»So, den haben wir!«, sagte Amélie zufrieden und unterhielt sich mit einem der Polizisten. Plötzlich strahlte sie über das ganze Gesicht.

»Was ist?«, fragte Lukas. »Was hat er denn gesagt?«

»Die Polizisten sind ganz begeistert von unseren Phantombildern«, übersetzte Amélie. »Und überhaupt von unserer Hilfe.« Nun strahlten ihre Freunde auch.

»Schaut mal, sie bringen *Bargeld* nach Avignon.«

Der Scheckkartendieb wurde von zwei Polizisten festgehalten. Er hatte die Hände in den Taschen und schaute die Kinder finster an.

»Mmh. Gute Laune sieht anders aus!«, kicherte Lukas leise.

Ein dritter Polizist trat an den Dieb heran und wollte ihm Handschellen anlegen. Monsieur Bargeld nahm die Hände aus den Taschen und ließ dabei etwas fallen. Dann wurde er ins Auto verfrachtet.

»Was ist das denn?« Jonas bückte sich, hob einen kleinen, zerknüllten Zettel auf und strich ihn glatt.

»*Bargeld* ließ diesen Zettel gerade fallen, bevor er ins Auto stieg«, erklärte er den anderen.

»Unser Monsieur wird doch nicht auch noch als Blumenhändler arbeiten?«, blödelte Lukas. »Heute 20 Geranien, morgen 30 Tulpen!«

Amélie schüttelte den Kopf. »Das wohl kaum …«

»Na, was ist euch denn für eine Laus über die Leber gelaufen?«, fragte Monsieur Roux, als er die nachdenklichen Gesichter der Kinder sah. »Freut ihr euch denn nicht über unseren ersten Erfolg?«

»Hier, Grand-père!« Amélie zeigte ihm den Zettel.

»Das ließ *Bargeld* unauffällig fallen, bevor sie ihn abtransportiert haben. Ob das etwas Wichtiges ist?«

Ihr Großvater runzelte die Stirn. »Dazu fällt mir spontan auch nichts ein … Geranien … Géraniums«, murmelte er.

»Es sah aber so aus, als wollte *Bargeld* nicht, dass man den Zettel bei ihm findet«, sagte Jonas. Er steckte den Zettel in seine Hosentasche. »Na ja, vielleicht finden wir es ja noch raus. Wir könnten jetzt den Stand mit dem Versteinerungsbuch noch mal aufsuchen!«

Monsieur Roux nickte und sie schlenderten gemütlich an den vielen Ständen vorbei. Am Rande einer Parkanlage stand eine große Übersichtstafel mit einer Karte der Umgebung. Lukas blieb davor stehen. »Was sind denn das für Anzeigen rund um die Karte?«, fragte er Amélie.

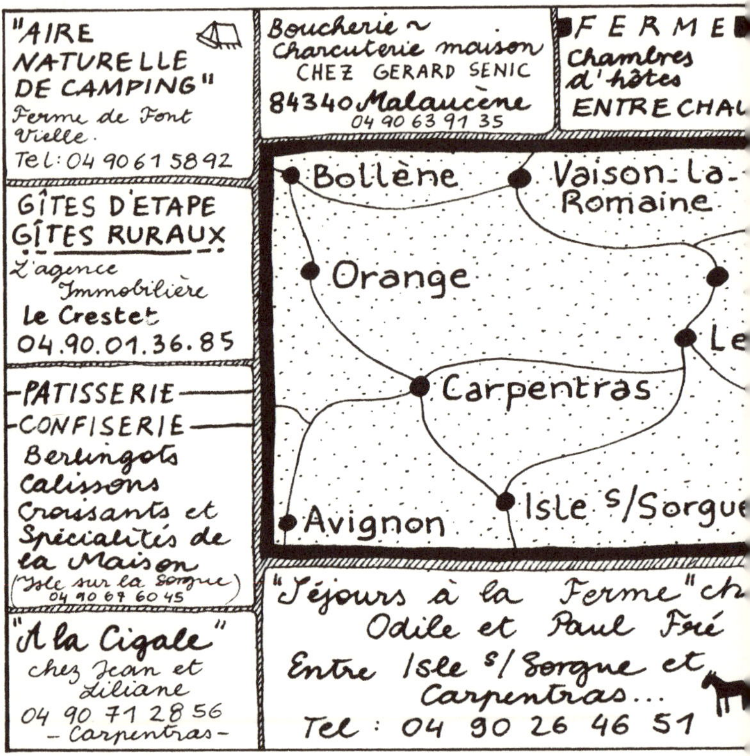

»Dein Spezialgebiet!«, lachte sie. »Lauter Restaurants und Hotels!«

»Cool!«, seufzte Lukas und schaute sich die Anzeigen ganz verträumt an. »Die würde ich gern alle mal testen!«

Jonas schlug ihn auf die Schulter. »Vielleicht kannst du ja später als Restauranttester dein Geld verdienen!«, lachte er. »Was meinst du, Amélie. Ist das ein Beruf mit

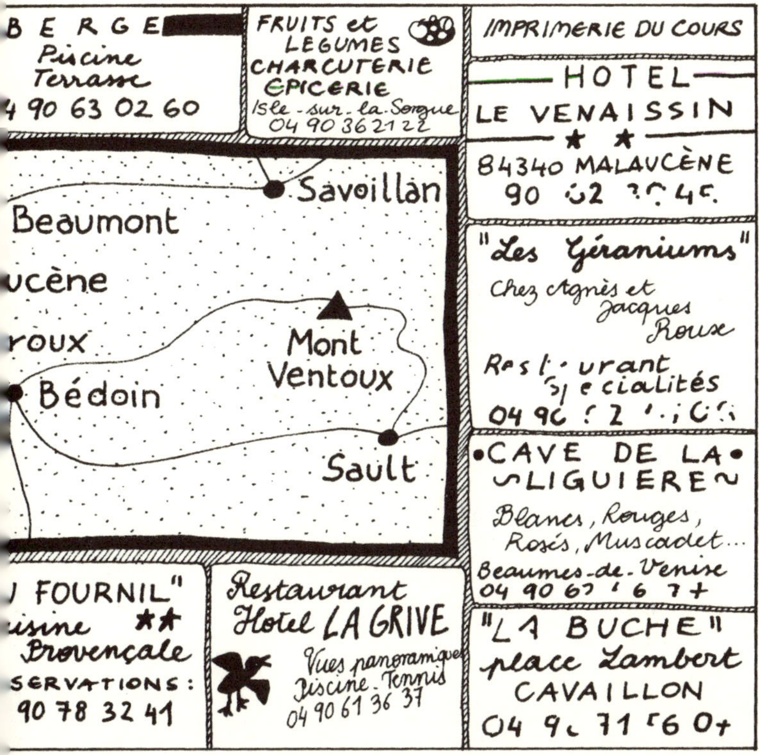

Zukunft?« Er schaute zu seiner Freundin rüber, doch die starrte mit großen Augen auf die Werbetafel. »Ist was?«, fragte er erstaunt.

Sie nickte: »Ich glaube, ich habe soeben das Zettelrätsel von *Monsieur Bargeld* gelöst …«

Was hat Amélie auf der Werbetafel entdeckt?

»Geranien in Restaurants?«, fragte Lukas.

»Quatsch!« Amélie zeigte auf die Anzeige des Hotel-Restaurant *Les Géraniums*. »Das meine ich!«, erklärte sie. »*Geranien* heißen auf Französisch *Géraniums*! Das könnte doch ein Treffpunkt sein, oder?« Jonas strahlte. »Genau! Und sie treffen sich dort um 20 Uhr!«

Amélie nickte. »Ihr werdet lachen: Das ist sogar Verwandtschaft von uns!« Sie zeigte auf den Namen des Inhabers: »Jacques Roux. Das ist mein Onkel.«

Lukas schaute sich um. »Dann hol doch mal deinen Großvater!«

Sie fanden Monsieur Roux an einem großen Bücherstand. »Grand-père! Wir haben eine Idee!«, rief Amélie. Aufgeregt lotsten sie ihn zu der Anzeigentafel.

»Das könnte durchaus möglich sein«, meinte Herr Roux. »Am besten, wir rufen mal bei Jacques an und fragen nach, ob es eine Reservierung gibt unter einem Schweizer oder deutschen Namen für heute Abend!«

Sie schauten auf die Werbetafel. »Mist! Die Telefonnummer ist ja völlig ausgebleicht. Da werden wir uns eine Telefonzelle suchen müssen!«

Amélie zeigte hinter sich. »Da drüben ist gleich eine.« Sie machte die Tür auf und schaute ins Telefonbuch. »Oh, non!«, rief sie verärgert. »Schaut mal, wie die Seiten hier aussehen!«

Wie lautet die Telefonnummer von Jacques Roux?

· Roland 44 r Robespierre 04 90 67
RIVAS Jacques 9 r du chateau 04 90 78
. Agnès 5 Place de L´eglise 04 90 67
ROBERT Florence 04 90 56 5
· Agathe 4 rue Schultz 04 90 77
· Jean 7 rte Malaucène 04 90 88
· Félix 88 av Gambetta 04 90 41 06
ROINET Jacques 04 90 80 76
ROLLIN Bertrand 11 r Pica 04 90 77 09
ROLLAND Francis Les 04 90 22 04
ROSS Sébastien 04 90 24 81
ROUBAUD Anne-Marie 04 90 63 06
ROUITJean-Claude 04 90 77 12
ROULET Lucien 3 r St 04 90 58 00
ROUSSEL Henri 04 90 71 23
· Michel 12 r Pierre 04 90 57 44
ROUX Robert 04 90 34 55
· Jacques 12 r du 90 11 80
· Catherine av ...... Anne 90 62 41
RUCHER 90 66 09
RUER 90 72 46
...... 90 24 14
Barroux ......
Ball ......

»Na toll …«, murmelte Jonas, als er die Fetzen sah. »Da muss sich einer beim Telefonieren mächtig geärgert haben!«

Vorsichtig legten sie die Schnipsel der Seite aneinander.

»Jetzt fehlen nur die zwei ersten Ziffern.«

Lukas schaute auf die Seite. »Kein Problem. Alle Nummern fangen mit 04 an. Also wird es bei Onkel Jacques nicht anders sein: »04 90 62 41.«

Sie notierten die Nummer und Amélies Großvater rief im Restaurant an. Nachdem er aufgelegt hatte, schaute er sehr zuversichtlich. »Wir könnten Glück haben! Es ist ein Tisch für drei Personen auf den Namen *Füssli* reserviert worden für heute Abend zwanzig Uhr«, begann er. »Wie wäre es, wenn wir dort auch zufällig zu Abend essen würden?«

Lukas strahlte. »Genial! So langsam ist dieser Fall ganz nach meinem Geschmack!«

Zusammen mit Monsieur Dubois trafen sie gegen sieben in Le Barroux ein und wurden dort schon von Jacques und Agnès Roux erwartet. »Sei tapfer, Lukas«, kicherte Amélie. »Gleich geht es wieder los!« Gerade als Lukas fragen wollte, was sie denn wohl meine, verschwand er auch schon in den Armen von Amélies Tante und wurde zur Begrüßung linksrechtslinks geküsst.

»Danke für die Warnung«, sagte er etwas außer Atem. »Aber das nächste Mal …« Weiter kam er nicht, denn nun war Jacques Roux an der Reihe, und auch er begrüßte ihn herzlich: linksrechtslinks.

»Immer an das gute Menü denken!«, lachte Jonas und haute ihm auf die Schulter.

Lukas schaute gequält. »Waren das alle?«, fragte er Amélie leise.

»Eigentlich ja …«, überlegte sie, doch in dem Moment kam ein weiterer Mann aus dem Hotel gerannt und begrüßte sie stürmisch.

»Das ist Alain, Jacques' Bruder«, erklärte Amélie entschuldigend. »Pardon, den hatte ich ganz vergessen!«

Onkel Jacques erklärte ihnen, wie er den Abend geplant hatte: Der Tisch für die Schweizer war auf der großen Terrasse reserviert, ihr Tisch auf der kleinen Terrasse am Eingang. »Sehr gut«, meinte Monsieur Dubois. »Da müssen sie an eurem Tisch vorbei, wenn sie das Restaurant verlassen wollen. Und ich werde am Nebentisch der Schweizer sitzen und sie nicht aus den Augen lassen.«

Monsieur Roux zeigte auf den Restaurantparkplatz. »Und da drüben haben wir noch eine wunderbare Überraschung für unsere Schweizer«, erklärte er den Kindern. »Seht ihr das große elektrische Schiebetor?«

Jonas grinste breit. »Klingt, als könnte man es jederzeit per Fernbedienung schließen, richtig?«

Amélies Großvater lachte. »Exactement! Und dann haben die Herren ein echtes Problem, von hier wegzukommen.« Er schaute auf die Uhr. »Kommt, wir haben noch genügend Zeit, uns das alte Schloss anzuschauen. Habt ihr Lust?«

Die Kinder nickten. »Ist ja auch besser, dass wir nicht herumsitzen, falls es wirklich *unsere* Schweizer sind, oder?«, warf Lukas ein. »Sonst machen sie sich womöglich gleich wieder vom Acker, wenn sie uns sehen.«

Vom alten Schloss aus hatten sie eine wunderbare Fernsicht über das Rhonetal. Monsieur Roux zeigte in die Ferne. »Schaut mal, man kann sogar bis nach Avignon schauen!« Jonas holte das Fernglas aus dem Rucksack. »Wollen wir doch mal sehen, was man alles erkennen kann.« Er schaute. Erst in die Ferne, dann in den Ort hinunter. »Avignon ist sicherlich eine schöne Stadt, aber was ich hier so sehe, gefällt mir noch besser!«

Was hat Jonas entdeckt?

»Gib mir das Fernglas auch mal!«, drängelte Lukas und schaute in den Ort hinunter. »Cool!«, rief er aufgeregt. »Wir hatten Recht mit unserer Lösung!« Er reichte das Fernglas an Monsieur Roux weiter. »Schauen Sie mal! Es sind unsere Schweizer!«

Amélies Großvater schaute nun auch hinunter. »Wunderbar …«, murmelte er. »Kommt nur schön zum Essen her …« Doch dann runzelte er die Stirn. »Mist!«, rief er verärgert. »Merde!« Die Kinder schauten ihn fragend an.

»Was ist?«, fragte Jonas. »Hauen sie wieder ab?«

Monsieur Roux gab ihm das Fernglas und zeigte hinunter. »Das nicht, aber sie parken nicht auf dem Parkplatz vom Restaurant, sondern unterhalb des Hotels, am kleinen Friedhof!« Er rieb sich nachdenklich am Kinn. »Hoffentlich haben die Herren den Braten nicht schon gerochen.«

Als sie wieder bei *Les Géraniums* ankamen, saßen die beiden Schweizer auf der Terrasse und studierten die Speisekarte. Monsieur Dubois streckte unauffällig den Daumen hoch: alles okay.

Alain führte sie zu ihrem Tisch und verteilte die Speisekarten. »Schön, mal wieder hier zu sein«, seufzte Amélie genüsslich und streckte sich. »Oho, kann sein, dass wir unser Essen mit noch jemandem teilen müssen!«, lachte sie, während sie nach oben schaute.

Was sie wohl meinte?

LES GERANI

»Hallo Daisy!« Aus der Baumkrone klang ein Miauen.

»Das ist die Hotelkatze«, erklärte sie den anderen. »Und sie liebt die Küche des Hauses!«, fügte sie erklärend hinzu.

»Hilf mir lieber mal, die Speisekarte zu entziffern«, brummte Lukas. »Ich verstehe nur Bahnhof ...«

»Wie wäre es mit dem zweiten Menü?«, schlug Monsieur Roux vor: »Zuerst ein kleiner Vorspeisenteller mit Salat, dann ein Lammtopf mit Bohnen und danach Käse und ein Dessert.« Lukas nickte begeistert.

»Das schaffe ich ja nie ...«, ächzte Jonas, doch Lukas tätschelte beruhigend seine Schulter. »Keine Bange! In manchen Situationen ist es eben schön, einen guten Kumpel zu haben.« Er blätterte versonnen durch die Speisekarte. »Und unserem Französischlehrer werden wir mal verklickern, dass es viel wichtiger ist, Speisekarten lesen zu können, als immer diese dämliche Grammatik zu pauken!«

Alain brachte ihnen die Vorspeise und sagte leise etwas zu Amélies Großvater. Die Kinder schauten ihn fragend an. »Er berichtete, dass die Schweizer dauernd mit ihrem Handy rumtelefonieren, aber anscheinend nicht die gewünschte Person an die Strippe kriegen.«

Jonas lachte. »Kein Wunder! Die gewünschte Person sitzt in Avignon und wird das Handy wohl kaum in der Zelle bei sich haben.«

Sie ließen sich das Essen schmecken. Plötzlich schrie

Lukas auf: »Aua! Was soll das?!« Er schaute erschrocken nach unten. »Mau!«, war die Antwort, die von dort kam, und im selben Moment sprang Daisy auf Lukas' Schoß.

»Sagte ich nicht bereits, dass sie die Küche des Hauses schätzt?«, sagte Amélie mit vollem Mund. »Ich fürchte, du wirst mit ihr teilen müssen!«

Lukas setzte die Katze auf den Boden. »Ich werde sehen, was sich machen lässt«, sagte er und gab Daisy ein Stückchen Pastete. »Jedenfalls hoffe ich, dass die Schweizer nicht aufbrechen, bevor wir dieses wunderbare Menü verputzt ha …« Er schaute plötzlich ganz überrascht in Richtung der großen Terrasse.

Die anderen folgten seinem Blick und sahen gerade noch das Gesicht von *Schweizer 2*.

»So'n Bockmist!«, schimpfte Lukas leise. »Er hat uns erkannt.« Monsieur Roux nickte. »Er wollte wohl gerade zur Toilette gehen«, erklärte er und zeigte auf eine Tür am Ende der Terrasse.

In diesem Moment hörten sie lautes Geschrei. Alain kam um die Ecke gerannt und redete wild gestikulierend auf Monsieur Roux ein.

»Sie sind über die Terrassenmauer abgehauen!«, übersetzte Amélie. Dann sausten sie hinter Alain her und sahen, wie die Schweizer, gefolgt von Monsieur Dubois, durch den Obstgarten hinunter zum Friedhof rannten.

»Die holt er nicht mehr ein …«, seufzte Amélies Großvater. »Kommt, wir können genauso gut in Ruhe zu Ende essen.«

Sie saßen gerade wieder an ihrem Tisch, als der arme Monsieur Dubois völlig außer Atem zurückkam. Herr Roux schob ihm einen Stuhl hin. »So etwas passiert nun mal«, tröstete er alle Beteiligten. »Wir kriegen sie noch.«

Alain brachte das Essen von Monsieur Dubois an ihren Tisch und legte eine zusammengefaltete Zeitung daneben. »Die haben die Schweizer liegen lassen«, erklärte er.

Amélie nahm sie in die Hand. »Komisch, alles nur Kleinanzeigen.« Sie überflog die zusammengefaltete Seite. »Aber auch eine sehr interessante …«

Was hat Amélie auf der Seite entdeckt?

rekt in Püttlach.
ngebote unter
n.Sh 57686b4567

PC-Probleme?
perdieck hilft sofort!
24-Std.-Service,
Fire-wall-Beratung
TESTEN SIE UNS!

ssen Sie Ihr Auto Geld ver-
nen!Und zwar sofort!
unter 01007/ 821206

ischlingshund,
dschön u. sehr lieb,
ibl., su. gu. Pl.
:099956/ 22345

che Festspielkarten!!!
nkostenerstattung
ufe zurück

4-jähr. Bären für
asting gesucht
SD67584450607

EBHARDS BÜRSTEN
bürsten besser!
Besuchen Sie uns
uf dem Wochenmarkt

Aber HALLO! Wer
ätte das gedacht?

Raum Ebersbergab
sofort zu vermieten
Angebote unter AB 436

Wer hat
Bügelwäsche übrig?
Motivierter Hobbybügler
bügelt Ihnen alles weg
UMSONST!

Bumm ist wieder da.
Neue Nummer
mit alten Tennissocken

Abnehmen ohne
Stress und Jo-Jo-
Effekt! Probieren Sie
es aus. Treffpunkt:
am 1. des Monats!

Dackel, Westie, ☎ 6933745

Besorge jedes alte Buch
☎ 00163/78695

Karten legen und
Rat bei Frau Doris
9 009/2537088785
(€ 1,25/ Min.)

Aufblasbare
Weihnachtsmänner
www.puste.de

Anwalt f. k
lagsstreit ✉

Kleines Haus
Grundstück g
4596

Spezialauftr
Dr. O.B.Bär: (

Zittern und
pern, was k
dagegen tun
gerne zurüc

Rede! Für je
auf Wunsch i
☎ 843636475 (S

Mögen Sie
✉GF56483

Dr. Übels
Da lacht
Neu in Ihre

2 kleine Kä
benrein, zu
Ab sofort o
Tel. 09234/12

Bügle Ihre
Ganz u
Angebote u

Hallo M
mich bitt
brauche

»Da hast du allerdings Recht!« Monsieur Roux übersetzte die Anzeige für Monsieur Dubois und zeigte sie dann Lukas und Jonas.

»*Besorge jedes alte Buch* ... Fragt sich jetzt nur, ob die Anzeige von den Schweizern geschaltet wurde, oder ob sie an einer Zusammenarbeit interessiert sind mit demjenigen, der diese Anzeige aufgegeben hat ...«, überlegte Jonas laut.

Monsieur Roux nickte. »Du hast Recht! Genau das ist der springende Punkt!«

Nun fuchtelte Lukas aufgeregt mit seiner Gabel herum. »Wir können doch einfach mal unter dieser Nummer anrufen und eine Art Bestellung aufgeben. Danach wissen wir bestimmt mehr!«

Amélies Großvater übersetzte wiederum alles für Monsieur Dubois.

Der nickte bestätigend. »Dann sollten wir das bald machen«, schlug Monsieur Roux vor.

»Aber vielleicht doch erst nach diesem schönen Essen ...« Lukas schaute in die Runde und grinste breit: »Wir wollen Onkel Jacques schließlich nicht beleidigen!«

MONTAGMORGEN, 19. AUGUST

Am nächsten Morgen setzten sie sich zusammen und überlegten, wie sie am besten vorgehen könnten.

»Das Problem ist, dass Sie oder Amélie einen französischen Akzent haben«, überlegte Jonas. »Und Lukas und ich eine zu helle Stimme. Mit Kindern werden sie wohl kaum Geschäfte machen wollen.«

»Und was ist mit deinem Vater?«, fragte Amélie Jonas.

»Was soll mit dem sein?«, fragte Jonas. »Der ist in Bayreuth. Wieso?«

Amélie schüttelte den Kopf. »Er könnte doch von Deutschland aus anrufen!«, erklärte sie. »Erstens ist das viel logischer, denn wenn es unsere Schweizer sind, sehen sie ja seine Nummer auf ihrem Handydisplay, und zweitens kennt er sich mit Büchern aus.«

Ihr Großvater nickte bedächtig. »Du hast vollkommen Recht«, sagte er. »Und wenn die Schweizer zurückrufen, haben sie das Antiquariat am Telefon. Herr Bösch müsste sich nicht mal verstellen am Telefon. Im Gegensatz zu uns!«

Monsieur Roux rief Jonas' Vater sofort an und sprach eine ganze Weile mit ihm.

»So, das müsste klappen!«, sagte er nach dem Gespräch zufrieden. »Herr Bösch ruft die Schweizer an und fragt nach einem seltenen Buch. Außerdem erkundigt er sich beiläufig, ob sie ihm auch ein bestimmtes

Buch von Dumas besorgen können.« Er lächelte versonnen. »Und zwar ein Buch von Dumas, das in unserem Besitz ist …«

»Wow, das wird ja noch richtig spannend!«, riefen die Kinder begeistert. »Hoffentlich hören wir bald, wie es gelaufen ist!«

Sie mussten zum Glück nicht allzu lange warten. Schon nach einer Stunde rief Herr Bösch zurück und hatte sehr interessante Nachrichten.

»Die Aktion scheint sich zu lohnen«, strahlte Monsieur Roux, als er aufgelegt hatte. »Es sind in der Tat unsere Schweizer, die die Anzeige aufgegeben haben. Und sie haben deinem Vater eine Menge interessante Sachen erzählt, Jonas!« Er setzte sich zu den Kindern. »Erstens erzählten sie Herrn Bösch, dass sie im Augenblick in der Provence sind und am Freitagabend das Land verlassen werden, und …«

Amélie boxte ihren Großvater auf den Arm. »Jetzt erzähl schon!«

Ihr Großvater grinste. »… und sie haben ihm zugesichert, ihr Bestes zu tun, ihm diesen Band von Alexandre Dumas zu besorgen!«

Die Kinder machten große Augen. »Das heißt also, dass wir sie gut in eine Falle locken könnten«, überlegte Jonas. »Fragt sich nur in welche …«

»Wir müssen sie mit diesen Dumasbüchern locken«, begann Lukas. »Diese Melonengeschichte, die Sie uns am ersten Abend erzählt haben, ist die auch in einem dieser Bücher?«

Monsieur Roux schüttelte den Kopf. »Nein, das ist nur ein Eintrag in seinem *Wörterbuch der Kochkünste.*«

»Sind da auch Rezepte drin?«, fragte Lukas überrascht.

Diesmal nickte Monsieur Roux. »Eine ganze Menge«, bestätigte er. »Wieso?«

Jetzt strahlte Lukas: »Weil ich gerade *die* Idee habe!«, rief er. »Wir organisieren ein Dumas-Essen. Mit Rezepten nach Alexandre Dumas ...«

Amélie runzelte die Stirn. »Und was hat das bitte schön mit den Büchern zu tun?«, fragte sie.

»Die, meine Liebe, werden am Ende des Abends offiziell versteigert, zusammen mit ein paar anderen unbedeutenden Büchern!«, rief Lukas. »Wetten, dass unsere Schweizer sich die nicht durch die Lappen gehen lassen?«

Jetzt begriffen die anderen endlich, worauf er hinauswollte.

»Und wenn die Schweizer sie ersteigert haben, folgen wir ihnen, kontrollieren sie und werden dann auch die anderen gestohlenen Bücher finden«, ergänzte Monsieur Roux. »Und dann schnappen wir sie uns, richtig?«

Lukas nickte zufrieden. »So hatte ich mir das gedacht.«

»Klingt nach einer Superidee!«, gab nun auch Amélie zu. »Und eins muss man dir lassen: Es hat manchmal auch Vorteile, dass du immer ans Essen denkst!«

Montagmittag, 19. August

Nach dem Mittagessen machten sie sich mit Amélies Großvater auf den Weg zum Restaurant *Les Géraniums*.

»Jacques ist ganz begeistert von deiner Idee, Lukas!«, berichtete Monsieur Roux. »Er will gleich mit einigen anderen Restaurantbesitzern sprechen und überlegen, wie man die Idee am besten umsetzen kann.«

»Kennt er denn das Küchenlexikon von Dumas?«, fragte Jonas.

Amélies Großvater nickte. »Allerdings! Und zwar in verschiedenen Ausführungen. Jacques ist ein leidenschaftlicher Kochbuchsammler.«

Sie fuhren nach Malaucène hinein, wo sich der Verkehr auf der Hauptstraße staute. »Es war dumm von mir,

dass ich nicht an den Wochenmarkt gedacht habe …«, seufzte Monsieur Roux. Sie kamen nur sehr langsam voran.

»Wie wollen wir denn eigentlich Werbung machen für den Abend?«, fragte Jonas. »Gibt es eine Zeitungsanzeige?«

Amélies Großvater nickte. »Das auf jeden Fall. Aber wir müssen uns auch noch ein paar andere Möglichkeiten überlegen, denn es ist nicht gesagt, dass unsere Schweizer die Tageszeitung lesen.«

Plötzlich grinste Amélie und zeigte aus dem Autofenster. »Da sehe ich gerade eine gute Werbemöglichkeit«, sagte sie.

Welche Idee hat Amélie?

»Willst du die Leute auf der Straße etwa persönlich ansprechen?«, fragte Lukas verdutzt.

Amélie verdrehte die Augen. »Natürlich nicht, du Dummie! Schau doch mal nach, was bei den Autos unter den Scheibenwischern klemmt!«

Jonas und Lukas schauten erneut aus dem Fenster.

»Werbezettel!«, rief Jonas aufgeregt. »Natürlich! Und die können wir auch in die Briefkästen werfen. Zum Beispiel dort, wo sich Schweizer einquartiert haben …«

Amélie nickte. »Genau. Vielleicht können wir in Le Barroux gleich eine Kopiervorlage zusammenbauen. Onkel Jacques hat doch sicher einen Computer?«, fragte sie ihren Großvater.

»Ja, natürlich«, sagte der. »Die ganze Hotelorganisation geht über EDV. Da können wir sicherlich sofort etwas zusammenstellen.«

In Le Barroux wartete Jacques Roux schon mit guten Nachrichten. »Der Chef vom Hotel-Restaurant *Le Beffroi* bei euch in der Altstadt möchte den Abend unbedingt ausrichten!«, rief er begeistert. »Wir machen es bei ihm im Innenhof. Der eignet sich wunderbar für so etwas und es werden sicherlich viele Leute kommen!«

»Hauptsache, unsere Schweizer kommen«, meinte Großvater Roux und erzählte, welche Ideen sie hatten.

»Kein Problem«, meinte Jacques. »Es gibt genügend Material, um eine schöne Anzeige zusammenzubasteln!«

Gemeinsam setzten sie sich an den Computer.

»Na, das Ergebnis kann sich sehen lassen!«, strahlte Jonas und zog die fertige Anzeige aus dem Drucker. »Jetzt übersetz das mal, Amélie!«

Grande Soirée "Alexandre Dumas"

Vendredi, le 23 août à 20 h

Hôtel-Restaurant "Le Beffroi"
Vaison-la-Romaine (Vieille Ville)

Diner

Livres rares d´Alexandre Dumas:

-Excursions sur les bords du Rhin (1841)
Vingt ans après (1850)

et autres -

Vente aux enchères

Reservation/Information: 04685984478

»Großer Alexandre-Dumas-Abend
am Freitag, den 23. August, um 20 Uhr
im Hotel-Restaurant ›Le Beffroi‹,
Vaison-la-Romaine (Altstadt),
Diner, seltene Bücher von A. Dumas
(u. a. *Bericht von der Rheinreise,*
Zwanzig Jahre danach und andere).
Versteigerung.
Reservierung/Information: Tel. 04685984478.«

»Mmh. Klingt doch sehr verlockend!«, fand Lukas.

»Allerdings!«, sagte Amélie. »Wir sollten von dieser Vorlage nicht nur Werbezettel, sondern auch A3-Plakate drucken lassen. Die Plakate kann man gut in den Geschäften aufhängen, oder an Plakatwänden!«

Ihr Großvater nickte. »So machen wir es! Wir fahren jetzt gleich beim Kopierladen in Vaison vorbei. Mit etwas Glück können sie uns die Blätter schon morgen früh liefern.«

»Außerdem ist morgen Markt in Vaison!«, rief Lukas. »Da können wir eine Menge Zettel loswerden.«

Sie hatten Glück: Schon am frühen Morgen konnte Amélies Großvater die Werbezettel und die kleinen Plakate abholen. »Na, da habt ihr heute erst mal gut zu tun!«, schnaufte er und stellte die Kartons in die Diele. »Wo wollt ihr denn anfangen?«

Amélie nahm sich einen Zettel aus einem der Kartons. »Wir hatten gedacht, dass wir bei den Häusern hinten im Tal anfangen.« Sie schaute ihren Großvater mit einer Unschuldsmiene an.

»Das hätte ich mir ja fast denken können!«, brummte dieser. »Aber passt bitte auf bei dem Haus der Schweizer, verstanden? Und keine krummen Touren auf dem Grundstück! Wir wollen sie anlocken, nicht noch mehr verunsichern!«

Die Kinder nickten artig. »Wir werfen nur die Zettel in den Briefkasten und sind dann sofort wieder verschwunden«, versprach Lukas.

Schnell füllten sie Amélies Rucksack mit Werbezetteln und machten sich mit den Mountainbikes auf den Weg.

»Vielleicht sollte nur Amélie zum Haus fahren«, schlug Jonas vor. »Wenn Pöti-Schuh im Garten ist, kannst du mit ihr zur Not auf Französisch reden. Es wäre doch komisch, wenn wir als Touristen hier Werbesendungen verteilen ...«

Amélie nickte. »Das stimmt. Ihr wartet besser hier. Bin gleich wieder da!«, und sie fuhr davon.

Jonas und Lukas mussten nicht lange auf sie warten.

»Das Haus ist wie ausgestorben!«, berichtete Amélie. »Ich habe zwei Zettel in den Briefkasten an der Tür gesteckt und …«, sie lächelte verschmitzt, »… noch mal eine kleine Aufnahme vom Wohnzimmer gemacht. Vielleicht finden wir ja darauf irgendwelche Hinweise!«

Sie fuhren durch das Tal zurück nach Hause.

»So langsam würde es sich lohnen, die Zettel auf dem Parkplatz beim Markt zu verteilen!«, meinte Lukas und schaute auf die Uhr. »Und wir sollten vielleicht auch bei der Bäckerei am Markt ein Plakat aufhängen …«

Am Ufer der Ouvèze ging gar nichts mehr. Jeder Parkplatz war belegt und die Leute strömten von dort zum Wochenmarkt.

»Am besten, wir teilen uns auf«, schlug Jonas vor. »Danach können wir noch die Plakate in der Stadt verteilen.« Er zwinkerte Lukas zu. »Und deinem Lieblingsbäcker einen Besuch abstatten …«

Sie kamen zügig voran. Jonas und Amélie trafen sich am Ende einer Autoreihe.

»Gibst du mir noch ein paar Zettel?«, fragte er. »Meine sind fast alle!«

Amélie griff in ihren Rucksack und schaute sich suchend um. »Wo ist denn Lukas abgeblieben?«

In diesem Moment sahen sie ihren Freund am anderen Ende des Parkplatzes. Er gestikulierte wild in ihre Richtung. »Sieht so aus, als hätte er etwas gefunden!«, rief Jonas und zog Amélie am Ärmel. »Komm, wir schauen mal, was los ist!«

Sie waren fast bei Lukas angekommen, da sahen sie auch, warum er ihnen so hektisch zugewunken hatte: Er hatte das Auto der Schweizer gefunden.

»Na, dann wissen wir wenigstens, dass sie noch da sind«, sagte Amélie zufrieden und klemmte schnell einen Zettel hinter den Scheibenwischer. »Meine ganz persönliche Einladung!«

Lukas zog seine Freunde zur Seite. »Es gibt da noch was Interessantes …« Er zeigte durch das Beifahrerfenster. »… diesen Plan! Hast du eine Ahnung, was das sein könnte, Amélie?«

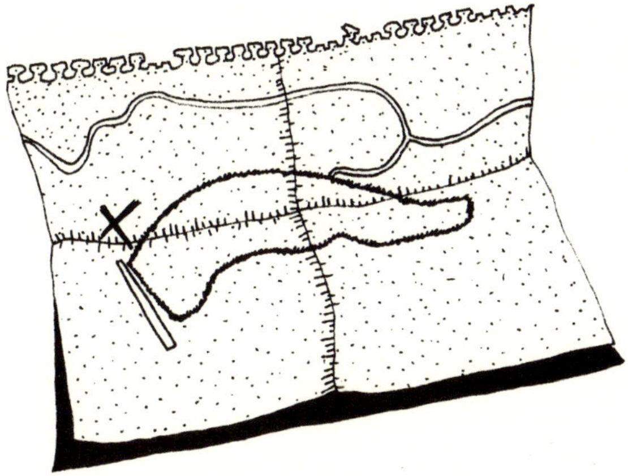

Seine Freundin schaute angestrengt durch die Scheibe, schüttelte dann aber den Kopf. »Keine Ahnung …« Sie griff in ihren Rucksack. »Aber vielleicht weiß ja Großvater, was das bedeutet!« Sie nahm die Digitalkamera und machte ein Foto durch die Scheibe. »Merkwürdig«, murmelte sie.

Plötzlich packte Lukas Jonas und Amélie am Arm. »Schnell!«, zischte er. »Versteckt euch! Da kommen sie!«

Wie der Blitz verschwanden die Kinder hinter das nächste Auto, da waren die Schweizer auch schon da. Lukas hatte sie keine Sekunde zu früh gewarnt.

»… aber es wird schon noch ein Problem mit dieser Bestellung«, hörten sie Schweizer 1 sagen. »Wenn wir wüssten, wo …«

Es raschelte am Auto und Schweizer 2 fing an zu lachen: »Das darf doch nicht wahr sein! Schau dir das mal an!«

Jonas spähte vorsichtig durch die Seitenscheibe ihres Versteckes und sah, wie die Männer aufmerksam den Werbezettel lasen.

»Das ist eine interessante Veranstaltung, was?«, fragte Schweizer 2 und steckte sich den Zettel in die Hosentasche.

Sein Partner nickte nachdenklich und schloss das Auto auf. »Wir sollten vorher auf jeden Fall …«

Dann schlugen die Türen zu und das Auto wurde gestartet.

DIENSTAGNACHMITTAG, 20. AUGUST

»Schon fertig?«, fragte Amélies Großmutter, als die Kinder müde und verschwitzt nach Hause kamen. Jonas ließ sich auf einen Stuhl fallen. »Fix und fertig. Wir haben die Schweizer sogar persönlich zu dem Abend eingeladen!« Monsieur Roux schaute mit ernster Miene in die Küche: »Wie soll ich denn das verstehen?«

Amélie machte den Kühlschrank auf und nahm eine Flasche Limo heraus. Während sie die Gläser voll schenkte, erzählte sie, was alles passiert war. »Na ja, jetzt wissen wir wenigstens sicher, dass die beiden von der Versteigerung erfahren haben …«

»Und wie sah die Skizze aus?«, fragte Monsieur Roux.

Lukas wies nach oben. »Wenn Sie uns an den Computer folgen würden, Monsieur le Commissaire … Ihre begabte Enkelin hat alles digital festgehalten!«

Kurz darauf konnten sie sich den gezeichneten Plan genau anschauen. Monsieur Roux kratzte sich am Ohr. »So ganz ohne weitere Angaben kann ich mir da auch keinen Reim drauf machen«, murmelte er. »Aber vielleicht bekommen wir ja noch einen Hinweis!«

Amélie schaltete den Computer aus und sah in die Runde. »Wie wäre es mit einer kleinen Tour in den Nachbarort?«, fragte sie. »Ein paar Werbezettel haben wir noch. Und wir wollen doch nicht, dass die Schweizer am Freitagabend ganz unter sich bleiben!«

Einige Stunden später waren auch die Einwohner von Crestet mit Infomaterial versorgt und die Kinder setzten sich zum Verschnaufen auf die alte Stadtmauer. »Wenn wir diese kleine Straße da durch den Wald nehmen, kommen wir dann nicht auch wieder nach Vaison zurück?« Jonas zeigte nach unten. »Richtig!«, grinste Amélie. »Und du rätst auch nie, wo diese Straße vorbeiführt …« Lukas machte ein entsetztes Gesicht: »Doch nicht etwa bei diesen gefährlichen Schweizern?« Lachend stiegen sie auf ihre Räder.

»Ob ich nicht doch noch eine klitzekleine Aufnahme durchs Fenster mache?«, grübelte Amélie, als sie das Haus fast erreicht hatten. »Dein Großvater hat sich nur gegen das Herumtreiben ausgesprochen, von Fotografieren war nicht die Rede!«, gab Jonas zu bedenken. Schnell flitzte Amélie in die leere Einfahrt und machte erneut ein Foto durch das Wohnzimmerfenster. »So, jetzt aber los«, schnaufte sie, und sie radelten davon.

Zu Hause war niemand zu sehen. »Kommt, wir schauen uns die Bilder gleich mal an!«, drängelte Lukas. Amélie lud die Fotos auf den Rechner und schon hatten sie zwei Großaufnahmen vom Wohnzimmer auf dem Monitor. »Sieht verlassen aus«, meinte Jonas. Aber Lukas schüttelte den Kopf: »Zwischen den beiden Aufnahmen war jemand im Zimmer!«

Wieso war Lukas sich da so sicher?

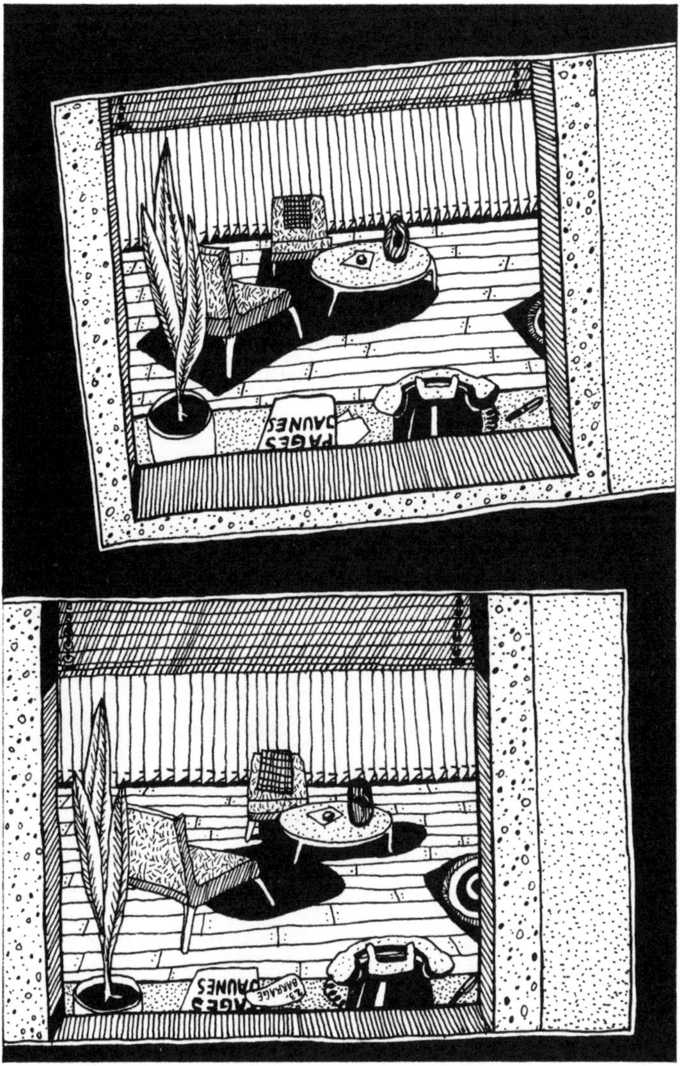
PAGES JAUNES
JAUNES
BARRAGE

»Bist du ganz sicher?«, fragte Jonas und starrte auf den Bildschirm. Lukas nickte. »Schaut euch den Telefonhörer an!« Er zeigte auf die Stelle. »Und außerdem hat jemand eine Gesprächsnotiz gemacht. Was bedeutet denn *›barrage‹*?« Er schaute Amélie fragend an.

»*Le barrage*, das ist der Staudamm …«, übersetzte sie und klickte mit der Maus auf die obere Leiste am Bildschirm. Die Uhrzeit verschwand und das Datum kam zum Vorschein. »Das ist ja interessant …«, murmelte sie. »… 23, das könnte der Freitag sein. Der 23. August!«

»Oder eine Uhrzeit: 23 Uhr!«, bemerkte Jonas.

»Aber interessanter wäre doch zu wissen, ob es in der Nähe einen Staudamm gibt«, warf Lukas ein. »Hast du hier eine Landkarte?« Amélie zeigte auf den Tisch. »Dort in der Schublade müsste eine alte Übersichtskarte sein.« Lukas faltete die Karte auseinander. »Staudämme baut man am Wasser«, überlegte er laut und schaute sich die Karte genau an. »Viel kann man hier nicht erkennen, aber dieser längliche Fleck, da könnte was sein.« Er zeigte auf eine Stelle ein Stück östlich von Le Barroux. »Hast du die Wanderkarte griffbereit?«

Amélie nickte. Zusammen suchten sie die Stelle, die Lukas auf der Übersichtskarte entdeckt hatte. »Habe ich es mir doch gedacht, dass die Form mir irgendwie bekannt vorkommt!«, rief Jonas.

Wo hatte Jonas die Form schon mal gesehen?

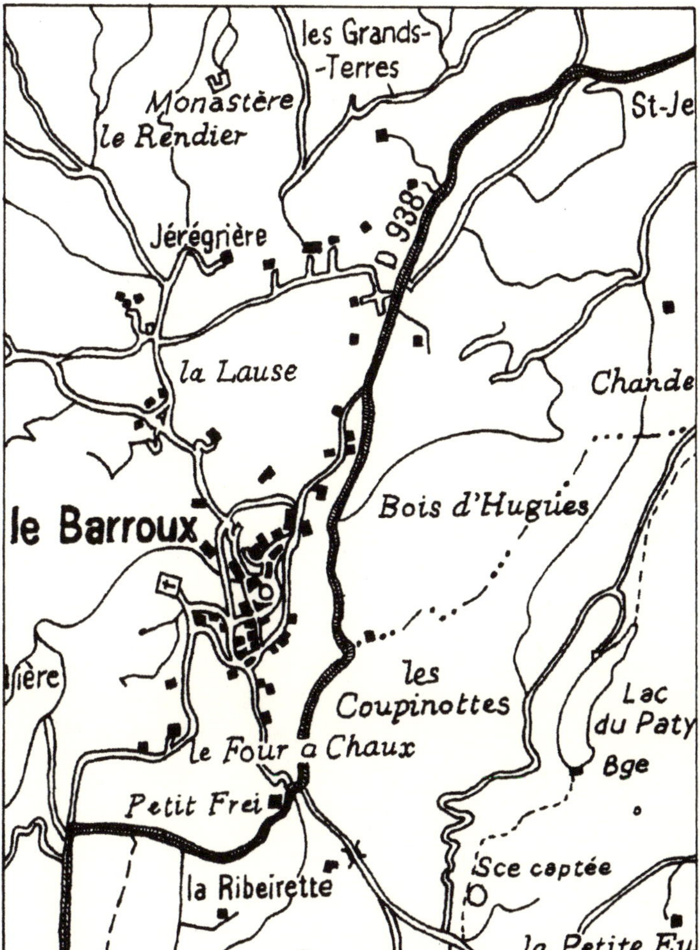
les Grands-
-Terres
Monastère
le Rendier
St-Je
D 938
Jérégrière
la Lause
Chande
Bois d'Hugues
le Barroux
les
Coupinottes
Lac
du Paty
ière
le Four à Chaux
Bge
Petit Frei
Sce captée
la Ribeirette
la Petite Eu
Montfort
Barrianne
Nord
Bouquier

Jonas ging zum Laptop und klickte auf eines der gespeicherten Bilder.

»Du hast Recht!«, riefen Lukas und Amélie begeistert. »Jetzt wissen wir, was die Skizze im Auto zu bedeuten hat. Es ist eine Darstellung vom Lac du Paty!« Sie drehte das Bild um 90 Grad. »So ist es richtig.«

Unten im Flur klingelte das Telefon und kurz darauf hörten sie Monsieur Roux sprechen. Das Gespräch dauerte eine ganze Weile, dann schaute Amélies Großvater zu ihnen ins Zimmer. »Ah, ihr seid ja schon da! Dein Vater rief gerade an, Jonas. Er lässt euch herzlich grüßen …« Er schaute in die Runde. »Was strahlt ihr denn so?«

Jonas zeigte auf den Computer und auf die Wanderkarte. »Schauen Sie sich das mal an. Wir sind der Lösung wieder ein ganzes Stück näher gekommen!«

Sie zeigten ihm, was sie herausgefunden hatten.

»Wunderbar! So langsam setzen sich die Puzzleteile zusammen!« Monsieur Roux rieb sich vergnügt die Hände. »Herr Bösch hat nämlich angerufen, weil sich die Schweizer wieder mit ihm in Verbindung gesetzt haben«, berichtete er. »Sie wollten wissen, welchen Preis dein Vater bereit ist zu zahlen, Jonas.« Er grinste breit. »Sie haben die Versteigerung erwähnt und haben von ihm grünes Licht bekommen, den Band zu ersteigern.«

Lukas strahlte. »Das heißt, dass unser Plan funktionieren könnte!«

Monsieur Roux nickte. »Wir sollten alle Fakten mal notieren und einen genauen Plan entwickeln.« Er nahm sich Stift und Papier. »Wir können von folgenden Fakten ausgehen«, begann er. »Die Schweizer werden am Freitagabend versuchen, die beiden Dumas-Bände zu ersteigern. Wir werden es so einfädeln, dass sie die auch bekommen.«

Amélie zeigte auf die Karte. »Aber was wird am Lac du Paty passieren?«, fragte sie. »Dieses Kreuz wird vermutlich ein Treffpunkt sein, oder so etwas in der Art!«

Die anderen nickten. »Fragt sich nur, wer da wen trifft …«, überlegte Jonas. »Sie wollen ja am Freitagabend das Land verlassen … Vielleicht nehmen sie dort noch jemanden mit?«

»Egal, wir werden jedenfalls genügend Leuten postieren, damit sie uns nicht durch die Lappen gehen können«, schloss Monsieur Roux. »Ich setze mich gleich mal mit der Polizei in Avignon zusammen. Dann sehen wir weiter!« An der Tür drehte er sich noch mal um. »Sagt mal, wie kommen diese Innenaufnahmen eigentlich zustande?«, fragte er und versuchte möglichst ernst zu schauen.

Die drei schauten ihn ganz unschuldig an. »Deine Kamera ist eben der reinste Zauberkasten, Grand-père!«, antwortete Amélie und lächelte zuckersüß.

FREITAGABEND, 23. AUGUST

»So ein verdammter Mist!«, schimpfte Lukas leise vor sich hin. »Ich war mir ganz sicher, dass es klappen würde!« Zusammen mit Jonas und Amélie saß er an einem Fenster im ersten Stock des Hotel-Restaurants *Le Beffroi*. Unten im Innenhof waren alle Tische besetzt und soeben war die Versteigerung der Bücher angekündigt worden. »Die Schweizer hatten deinem Vater doch zugesagt, dass sie die Bücher besorgen würden, nicht?«

Jonas nickte. »Anscheinend ist etwas dazwischen gekommen …«

Gespannt beobachteten sie die Vorbereitungen im Hof. »Das wäre ja zu peinlich, wenn der ganze Polizeieinsatz umsonst wäre!«, seufzte Amélie und streckte sich kurz. »Was machen wir bloß, wenn jetzt jemand anderes die Bücher ersteigert?«

Jonas zuckte die Schulter. »Keine Ahnung … Vielleicht wollen die Schweizer Kosten sparen und überfallen heute Abend denjenigen, der die Bücher ersteigert hat!«

Lukas zog eine Grimasse. »Sehr komisch …«

Unten im Hof wurde es ganz ruhig. Der Auktionator machte Angaben über Alter und Wert der Bücher. Plötzlich strahlte Lukas über das ganze Gesicht. »Liebe Freunde, ich glaube, die Sache geht doch noch gut aus!«

Was hat Lukas entdeckt?

»Ich kann weder Schweizer 1 noch Schweizer 2 entdecken!«, flüsterte Amélie. »Ich auch nicht«, gestand Jonas. »Nix Schweizer 1 und 2!« Jonas zeigte in den Hof. »Dort hinten sitzt Pöti-Schuh.« Er rieb sich die Hände. »Und langsam verstehe ich auch, wie die Sache geplant ist!« Jonas und Amélie schauten ihn gespannt an. »Es ist alles ganz logisch«, begann Lukas. »Die Schweizer wollen kein Risiko eingehen, daher lassen sie Pöti-Schuh die Bücher ersteigern. Schließlich wissen sie, dass die Polizei schon hinter ihnen her ist.« Amélie nickte. »Ich glaube, du hast Recht! Wir sollten jetzt aber gleich unten Bescheid sagen, dass Pöti-Schuh hier ist. Nicht dass die Polizei nur nach den Schweizern Ausschau hält.«

Jonas schaute erneut in den Hof hinunter. »Lukas hat Recht! Sie steigert schon fleißig mit!«

Schnell gingen sie hinunter und fanden Amélies Großvater zusammen mit Monsieur Dubois im Frühstücksraum des Hotels.

»Grand-père! Die Schweizer haben Pöti-Schuh geschickt!«, erzählte Amélie aufgeregt. »Wir haben sie hinten im Hof entdeckt!«

Monsieur Dubois zog die Brauen hoch. »Petit choux?«, wiederholte er und schaute fragend in die Runde. Sie fingen an zu lachen und Amélies Großvater klärte den Polizisten auf. Dann nahm er sein Handy und führte ein kurzes Gespräch. »So, jetzt wissen alle Bescheid und wir können in Ruhe abwarten.«

Im Innenhof ging es lebhaft zu und die Kinder warteten voller Ungeduld. »Hoffenlich hat sie die Bücher bald!«, seufzte Jonas und spähte in den Hof. Monsieur Roux' Handy klingelte leise. »Hallo?« Er nickte kurz und gab den Kindern ein Zeichen. »Wir verschwinden durch den Seitenausgang«, erklärte er. »Unsere Madame hat die Bücher bekommen und ist im Begriff zu gehen!«

In der Gasse vor dem Restaurant war es ruhig. »Da vorne steigt sie ein!«, flüsterte Amélie. Monsieur Roux dirigierte die Kinder zum Parkplatz. »Schnell rein mit euch ins Auto!« Er startete den Wagen und fuhr im Schritttempo aus der Altstadt hinaus. An der Stadtmauer sahen sie, wie Pöti-Schuh auf die Hauptstraße einbog. »Merde!«, rief Amélie. »Sie fährt gar nicht nach Hause!«

Ihr Großvater griff zu seinem Handy und verständigte die Kollegen. »Wir sind auf der D938, Richtung Malaucène. Ein schwarzer Golf. Wie? Ja, das ist gut möglich … Aber haltet euch bedeckt!« Er steckte das Handy in die Tasche. »Die Kollegen gehen davon aus, dass sie zum Lac du Paty fährt«, erklärte er den Kindern. »Ist das ein großer See?«, fragte Jonas. »Es geht.« Monsieur Roux gab Gas. »Zum Glück kann man den See nur von einer Seite anfahren. Auf der anderen Seite steigt das Gelände stark an.« Er schaute angestrengt durch die Windschutzscheibe. »Habe ich euch schon mal erzählt, dass ich nichts mehr liebe, als schwarze Autos bei Nacht zu verfolgen?«, grummelte er.

Lukas grinste. »Na, dann haben Sie heute ganz schön viel Glück!« Pöti-Schuh fuhr schon nach Malaucène rein. »Sie nimmt die Hauptstraße durch den Ort, Grand-père!« Monsieur Roux nickte. »Und wir nehmen die Abkürzung hier!« Er gab Gas. Plötzlich machte das Auto einen Satz und sie stießen sich den Kopf an der Decke. »Hilfe, was ist denn das?!«, riefen die Kinder erschrocken. Monsieur Roux bremste scharf und rieb sich den Kopf. »Pardon, ich hatte vergessen, dass es hier neuerdings ralentisseurs gibt!« »Rallye-was?«, fragte Jonas verdutzt. »Eben nix Rallye!«, erklärte Amélie. »Das sind diese Straßenschwellen, damit die Autofahrer nicht so schnell fahren können.«

Monsieur Roux fuhr wieder an, aber dieses Mal weitaus vorsichtiger. »Hoffentlich ist sie uns nicht schon davongefahren!« Amélie schüttelte den Kopf. »Da vorne biegt sie ab. Sie scheint tatsächlich zum See zu fahren!«

In sicherem Abstand folgten sie dem Golf und nach einer Viertelstunde waren sie fast am Lac du Paty. Monsieur Roux parkte ein Stück vorher und gab den Kollegen am See Bescheid. »Sie müsste auf den Parkplatz gefahren sein«, sagte er leise ins Telefon. »Haltet also die Augen auf! Wir kommen zu Fuß hinterher.«

»Da vorne steht das Schweizer Auto!«, flüsterte Jonas. »Aber von Pöti-Schuhs Auto keine Spur …«

War Pöti-Schuh weitergefahren?

FERMÉ
CH

Der Parkplatz war nur spärlich beleuchtet.

»Ich hab das Auto! Da hinten steht es.« Amélie deutete zu den Büschen hinüber. »Aber sonst ist niemand zu sehen!«

Ihr Großvater nickte und zeigte Richtung See. »Wenn sie sich an der Stelle treffen, die auf der Skizze angekreuzt war, müssen wir diesem Pfad folgen!«, flüsterte er. »Am besten geht ihr in einigem Abstand hinter mir.« Er nahm sein Handy und sprach kurz mit den Kollegen. Dann nickte er. »Es geht los!«

Leise schlichen sie den Pfad entlang, bis sie oben zu einer größeren Böschung kamen. Von hier hatte man einen guten Blick auf den See.

Amélies Großvater winkte sie heran. »Ihr bleibt hier

und versteckt euch.« Er deutete hinunter zum See. »Dort drüben ist die Staumauer. Ihr habt also alles gut im Blick. Sobald ich dreimal mit der Taschenlampe leuchte, dürft ihr runterkommen. Aber erst dann, verstanden?« Die Kinder nickten.

»Da!« Jonas zeigte aufgeregt zum See hinunter. »Da stehen die Schweizer!«

Monsieur Roux legte den Zeigefinger an die Lippen. »Psst! Nicht so laut!« Dann schlich er in Richtung See davon.

Jonas, Amélie und Lukas duckten sich und beobachteten, wie die Schweizer sich vor der Staumauer unterhielten.

»So, Leute, es geht los!«

Lukas und Amélie schauten Jonas verdutzt an.

Was meinte Jonas?

»Was geht los?«, flüsterte Lukas und schaute angestrengt hinunter.

»Ah! Sie kommt!« Amélie zeigte nach links.

Pöti-Schuh lief auf die beiden Männer zu und hielt triumphierend die beiden Bücher hoch.

»Schade, dass wir nicht verstehen können, was sie sagen!«

Plötzlich ging alles ganz schnell: Von allen Seiten kamen Polizisten wie aus dem Nichts und näherten sich leise dem Trio. Die Schweizer, die nur Augen für die Bücher gehabt hatten, schauten alarmiert hoch. »Polizeikontrolle!«, rief Monsieur Roux und ging auf die Staumauer zu. Blitzschnell nahm Schweizer 2 die beiden Bände und steckte sie in eine Tasche. Dann rannte er zusammen mit seinen Komplizen über die Staumauer davon.

»Die entwischen uns noch!«, rief Jonas verzweifelt, doch im selben Moment blieben die Bücherdiebe wie angewurzelt stehen. Eine zweite Gruppe Polizisten tauchte am anderen Ende der Staumauer auf und die drei Ganoven standen wie auf einer gut ausgeleuchteten Bühne.

»Wir haben sie!«, jubelte Lukas und boxte Amélie und Jonas vor lauter Freude in die Seiten. Unten blinkte Monsieur Roux dreimal mit der Taschenlampe und die Kinder stürmten hinunter zum See.

»Da habt ihr super Arbeit geleistet!«, rief einer der Po-

lizisten. Monsieur Roux übersetzte. »Ich kann mich dem nur anschließen!«, sagte er.

Lukas schaute grinsend zu den Bücherdieben rüber. »Ich habe aber das Gefühl, dass einige hier nicht ganz dieser Meinung sind …«

SAMSTAGMORGEN, 24. AUGUST

Als sie am nächsten Morgen zum Frühstück herunterkamen, stand Amélies Großvater im Flur und telefonierte.

»Ah, unsere Detektive!«, rief Madame Roux vergnügt, als sie in die Küche schauten. »Na, habt ihr endlich wieder ruhig schlafen können?«

Jonas gähnte. »Oh ja, die Nacht war nur etwas kurz! Aber dafür auch kurzweilig!«

Lukas nickte. »Und der Frühstückshunger ist riesig! Wenn man bedenkt, dass wir ja gestern danach nichts mehr gegessen haben!«

Amélies Großmutter zeigte auf eine Tüte. »Dann wirst du dich sicher über den Inhalt freuen.« Sie stellte das Geschirr auf ein Tablett und ging hinaus auf die Terrasse.

»Mmh! Sacristains!« Lukas rieb sich vergnügt den Bauch. »Dieser Tag fängt gut an!«

Monsieur Roux schaute um die Ecke. »Und ihr werdet euch wundern: Der Tag wird noch viel besser weitergehen!«, sagte er geheimnisvoll. Die Kinder schauten ihn fragend an, doch er schüttelte den Kopf. »Jetzt frühstücken wir erst mal, ihr werdet es noch früh genug erfahren!«

Als sie fast fertig waren, klingelte es an der Haustür. »Machst du mal auf, Amélie?«, fragte Monsieur Roux.

Amélie ging zur Tür. Dort stand ein Mann. »Guten Morgen!«, begrüßte er sie. »Ich bin gerade auf dem Weg in den Steinbruch von Roussillon und soll hier noch drei Detektive abholen!«

Amélie lachte und rannte zurück zum Frühstückstisch. »War das deine Idee?«, fragte sie ihren Großvater.

»Wie?« Monsieur Roux schaute ganz unbeteiligt. Nun erschien der Besucher auf der Terrasse. »Ah, Richard! Pünktlich auf die Minute!«, rief Monsieur Roux und schob noch einen Stuhl an den Tisch. »Richard ist ein alter Kollege von mir und kennt sich ausgesprochen gut mit Fossilien aus«, erklärte er. »Und nachdem ihr vor lauter Verbrecherjagd noch kein einziges Mal im Steinbruch gewesen seid, hatten wir die glänzende Idee, dass ihr ein paar schöne Tage mit ihm in Roussillon und Umgebung verbringen könntet!«

Die Kinder machten große Augen. »Gleich ein paar Tage?«, rief Jonas begeistert.

Monsieur Roux nickte. »Mit Übernachtung und Vollpension. Eine kleine Spende von der Polizei Avignon für euren tollen Einsatz.«

Die drei strahlten übers ganze Gesicht. »Boah, das hat sich ja richtig gelohnt!«, rief Lukas. »Vollpension …«

»Ich hatte mich schon geärgert, dass wir unser Fossilienbuch auf dem Flohmarkt völlig vergessen hatten!«, lachte Jonas. »Aber das hier ist ja tausendmal besser!«

Amélie stand auf. »Und wir fahren jetzt gleich?«

Monsieur Roux nickte lachend. »Und falls ihr ganz zufällig beim Buddeln irgendwelche alten Bücher findet, ruft mich sofort an, ja?«

Die Kinder lachten. »Alles klar, Herr Kommissar! Wir bleiben in Verbindung!«

Hans Jürgen Press

Die heiße Spur

128 Seiten, illustriert, ISBN 3-570-12731-1

Professor Löwenzahn sucht bei seiner Ankunft in Afrika nach seinem Freund Charly und dem Hund Whisky. Wer entdeckt die beiden durch das Fernrohr? Über 50 Ratekrimis, Rätselbilder, Wildwestabenteuer und Schatzsuchergeschichten für Hobby-Detektive und Adleraugen.

5206

OMNIBUS

www.omnibus-verlag.de

Ulrieke Ruwisch

Der Detektiv-Klub
Gefährliche Botschaften

128 Seiten, illustriert, ISBN 3-570-12865-2

»Deutschland den Deutschen«, »Ausländer raus«. Plötzlich tauchen in der Schule diese Schmierereien auf. Zuerst bemerkt Sophie nicht, dass ihre Freundin Aische immer stiller wird, doch dann platzt die Bombe: Aische erhält Drohbriefe. Und nicht nur sie. Wer steckt hinter diesem Spuk?

mach mit!

Hoppla, hier tut sich was! Bilder-, Gitter- und Buchstabenrätsel, Suchbilder und Quizfragen warten auf schlaue Köpfe. Wer hat Spaß an Zungenbrechern? Und wer kann Geheimschriften entziffern? Neben spannenden Geschichten gibt es tolle Kochrezepte für Leckermäuler und Tipps für ausgefallene Partys.

5138

OMNIBUS

www.omnibus-verlag.de